飞 | 鸣 | 灵 | 动

给孩子的虫鸟诗

韩秀琪　刘艳丽　编注

中国妇女出版社

图书在版编目（CIP）数据

飞鸣灵动：给孩子的虫鸟诗 / 韩秀琪，刘艳丽编注
. --北京：中国妇女出版社，2017.4

ISBN 978-7-5127-1416-8

Ⅰ.①飞…　Ⅱ.①韩… ②刘…　Ⅲ.①古典诗歌－诗集－中国　Ⅳ.①I222.72

中国版本图书馆CIP数据核字（2016）第319357号

飞鸣灵动——给孩子的虫鸟诗

作　　者：韩秀琪　刘艳丽　编注
责任编辑：路　杨
责任印制：王卫东
出版发行：中国妇女出版社
地　　址：北京市东城区史家胡同甲24号　　邮政编码：100010
电　　话：（010）65133160（发行部）　　65133161（邮购）
网　　址：www.womenbooks.cn
法律顾问：北京天达共和律师事务所
经　　销：各地新华书店
印　　刷：北京中科印刷有限公司
开　　本：165×235　1/16
印　　张：15.5
字　　数：200千字
版　　次：2017年4月第1版
印　　次：2017年4月第1次
书　　号：ISBN 978-7-5127-1416-8
定　　价：36.00元

凡例

— EXPLANATORY NOTES —

一、此集所选部类，取古人题咏较多而又为今人常见的虫鸟诸类，每类篇目多少，不求平均，只择精优者入选。

二、此集分为两部，以每类诗的内容决定其属部。

三、每类力求丰富，但不细分品种。

四、此集还选入一些题虫鸟画诗精品，如杜甫的《画鹰》。

五、此集诸篇题目依旧本所录，复赘长言者，以咏物名简书之。

六、此集每类诗后附赏析文章，主要是摘取每类中内容和艺术上有特色的诗作，加以分析比较，旨在提示和启迪艺术欣赏趣味。

目录 CONTENTS

第一篇

翎鸟部

第二篇

鱼虫部

第一篇

PART ONE

翎鸟部

雁

秋夜望单飞雁[1]

〔北周〕庾信

失群寒雁声可怜，夜半单飞在月边。
无奈人心复有忆[2]，今暝将渠俱不眠[3]。

【注释】

〔1〕单飞雁：指孤雁。雁，鸟纲，大小、外形一般似家鹅，或较小。雌雄羽色相似，多数种类以淡灰褐色为主，并布有斑纹。主食植物的嫩叶、细根、种子，亦啄食农田谷物。雁每年春分后飞往北方，秋分后飞回南方，为候鸟的一种。

〔2〕无奈：无可奈何。

〔3〕暝（míng）：夜晚。俱：全，都。

咏　雁

〔唐〕李峤

春晖满朔方[1]，候雁发衡阳[2]。
望月惊弦影，排云结阵行[3]。
往还倦南北，朝夕苦风霜。
寄语能鸣侣[4]，相随入故乡。

【注释】

〔1〕朔方：北方。

〔2〕候雁：因大雁随不同季节作定时迁徙，改变栖居地方，故称“候雁”。衡阳：市名，在湖南省南部，名胜古迹有回雁峰等。相传雁飞到湖南衡山回雁峰即止，春天再飞回。候雁，一作“归雁”。

〔3〕“排云”句：雁子在高空飞翔，一会儿排成“人”字，一会儿排成“一”字。

〔4〕侣：一作“伴”。

孤　雁

〔唐〕杜甫

孤雁不饮啄，飞鸣声念群[1]。
谁怜一片影[2]，相失万重云。
望尽似犹见[3]，哀多如更闻。
野鸦无意绪[4]，鸣噪自纷纷。

【注释】

〔1〕“飞鸣”句：孤雁飞着、叫着，想念它的雁群。

〔2〕“谁怜”两句：双关语。诗人与雁一样，有谁来怜惜呢？安史之乱后，诗人流落他乡，亲朋离散，天各一方。这孤零零的雁儿，寄寓了诗人自己的影子。

〔3〕“望尽”两句：这两句的意思是孤雁望尽天际，好像失去的雁群总在它眼前，孤雁不断地哀鸣，似乎雁群的鸣声总在它耳边回响。

〔4〕意绪：指心绪。

归　雁

〔唐〕钱起

潇湘何事等闲回〔1〕？水碧沙明两岸苔。
二十五弦弹夜月〔2〕，不胜清怨却飞来。

【注释】

〔1〕“潇湘”两句：这两句是询问归雁为什么离开那环境优美、水草丰盛的湘江而飞回来呢？潇湘：湘江的别称。

〔2〕“二十五弦”两句：这两句的意思是湘江女神鼓瑟，瑟声凄凉哀怨，大雁不忍再听下去，才飞回北方。二十五弦：即瑟，拨弦乐器。

送征雁

〔唐〕钱起

秋空万里净，嘹唳独南征〔1〕。
风急翻霜冷，云开见月惊。

塞长怯去翼[2]，影灭有余声。
怅望遥天外[3]，乡愁满目生。

【注释】

〔1〕嘹唳（lì）：形容雁发出响亮而又漫长的鸣叫声。唳，鸿雁高亢地鸣叫。

〔2〕“塞长”两句：雁从塞北往南飞，征程漫长，唯恐飞不到，影子已经看不见了，还传来阵阵雁鸣。塞：指塞北，旧时指外长城以北，包括内蒙古自治区、甘肃省和宁夏回族自治区的北部及河北省外长城以北等地。

〔3〕怅望：怅然怀想。

早雁

〔唐〕杜牧

金河秋半虏弦开[1]，云外惊飞四散哀。
仙掌月明孤影过[2]，长门灯暗数声来[3]。
须知胡骑纷纷在，岂逐春风一一回？
莫厌潇湘少人处[4]，水多菰米岸莓苔[5]。

【注释】

〔1〕金河：在今内蒙古自治区呼和浩特市南，这里泛指北方边地。秋半：阴历八月是秋季第二个月。虏弦开：双关语。本句是挽弓射猎，暗喻回鹘南侵。

〔2〕仙掌：西汉京城长安的建章宫内有金铜仙人，掌上托“承露盘”。

〔3〕长门：西汉长安宫名，是汉武帝的陈皇后失宠后幽居之地，后

用来泛指冷宫。这两句以早雁的离散悲鸣，比喻边地人民的流离失所，并暗示皇帝理应知道这种情况。

〔4〕潇湘：泛指今湖南中部、南部一带。

〔5〕菰（gū）米：菰是多年生水生宿根草本，生浅水中，秋季结实（嫩茎即食用的“茭白”），叫菰米。莓苔：是一种蔷薇科植物，子红色。菰米、莓苔都是雁的食物。

新　雁

〔唐〕吴融

湘浦波春始北归〔1〕，玉关摇落又南飞〔2〕。
数声飘去和秋色，一字横来背晚晖〔3〕。
紫阁高翻云幂幂〔4〕，灞川低度雨微微〔5〕。
莫从思妇台边过，未得征人万里衣。

【注释】

〔1〕湘浦：湘江水滨。

〔2〕玉关：即玉门关，在甘肃。摇落：指秋天树叶衰落。

〔3〕“一字”句：雁在高空飞翔，有时排成“一”字。

〔4〕幂幂（mì）：覆盖，罩。

〔5〕灞川：即灞河，在陕西省中部。

落　鸿

〔宋〕范成大

落鸿声里怨关山[1]，泪湿秋衣不肯干。
只道一番新雨过[2]，谁知双袖倚楼寒？

【注释】

〔1〕鸿：大雁，按季节的气候而南北往还，古人每因鸿雁惹起离愁。关山：泛指关隘山川。

〔2〕“只道”两句：这两句是写诗人在途中思念家人，想象她在家中怀望亲人的神姿。

闻新雁有感二首（其二）

〔宋〕陆游

新雁南来片影孤，冷云深处宿菰芦[1]。
不知湘水巴陵路[2]，曾记渔阳上谷无[3]。

【注释】

〔1〕芦（lú）：植物名，即芦苇。

〔2〕湘水巴陵：指湖南岳阳一带。

〔3〕渔阳：古时地名，在今天津市蓟县。上谷：古时郡名，今河北省张家口市宣化区。

闻 雁

〔宋〕陆游

霜高木叶空[1]，月落天宇黑。
哀哀断行雁[2]，来自关塞北。
江湖稻粱少[3]，念汝安得食？
芦深洲渚冷[4]，岁晚霰雪逼。
不知重云外，何处避毕弋[5]？
我穷思远征[6]，羡汝有羽翼。

【注释】

〔1〕霜高：霜重。

〔2〕断行雁：掉了队的鸿雁。关塞北：指北方塞外地区。

〔3〕“江湖”两句：江湖上稻子、高粱很少，我想你怎能找到吃的呢？稻粱，指粮食作物。安：怎能。

〔4〕渚（zhǔ）：水中的小块陆地。

〔5〕毕：捕取禽兽的网子。弋（yì）：带有绳子的箭，这里指用带着绳子的箭射雁。

〔6〕“我穷”两句：我现在处境困厄，想远征，真羡慕你有一双翅膀，可以自由地飞翔。这两句的寓意是，孤雁是够可怜的，但它还有一双翅膀可以远飞，我困居于此，连孤雁也不如。

解连环·孤雁

〔宋〕张炎

楚江空晚〔1〕，怅离群万里，恍然惊散〔2〕。
自顾影欲下寒塘〔3〕，正沙净草枯，水平天远。
写不成书〔4〕，只寄得相思一点。
料因循误了〔5〕，残毡拥雪，故人心眼。
谁怜旅愁荏苒〔6〕，漫长门夜悄〔7〕，锦筝弹怨〔8〕。
想伴侣犹宿芦花，也曾念春前，去程应转。
暮雨相呼，怕蓦地玉关重见。
未羞他双燕归来，画帘半卷〔9〕。

【注释】

〔1〕楚：这里泛指南方。古时楚国拥有现在湘、鄂、江、浙之地。

〔2〕恍（huǎng）然：猛然领悟的样子。

〔3〕欲下寒塘：就要掉进冰冷的池塘。崔涂《孤雁》：“暮雨相呼失，寒塘欲下迟。”

〔4〕“写不成书”两句：大雁飞时，在空中常排成“人”字。孤雁在天上只有一点，排不成字。

〔5〕“料因循”三句：《汉书·李广苏建传》载：汉苏武出使匈奴，被留。他不屈，在北海冰雪中牧羊。后双方和亲，汉即遣使者去匈奴索苏武。匈奴假说苏武已死，汉使者对单于说：汉天子在上林苑射雁，雁足上系信，说苏武未死。单于只得将苏武放回。残毡拥雪：指苏武在匈奴时所受的苦。

〔6〕荏苒（rěn rǎn）：时光渐渐过去。

〔7〕漫：怠慢、轻视。

〔8〕锦筝弹怨：钱起《孤雁》："二十五弦弹夜月，不胜清怨却飞来。"这里是以筝代瑟。筝，拨弦乐器。

〔9〕蓦（mò）：忽然。玉关：即玉门关。

春　雁

〔明〕王恭

春风一夜到衡阳，楚水燕山万里长〔1〕。
莫怪春来便归去，江南虽好是他乡。

【注释】

〔1〕楚水：泛指古代楚地的江河。燕山：在河北平原北侧，由潮白河河谷直到山海关。这里楚水、燕山皆泛指南方的江河和北方的群山。

长亭怨慢·雁

〔清〕朱彝尊

结多少、悲秋俦侣〔1〕，特地年年，北风吹度。
紫塞门孤〔2〕，金河月冷，恨谁诉？
回汀枉渚〔3〕，也只恋江南住。
随意落平沙〔4〕，巧排作、参差筝柱。
别浦〔5〕，惯惊移莫定〔6〕，应怯败荷疏雨。
一绳云杪〔7〕，看字字悬针垂露〔8〕。
渐攲斜，无力低飘，正目送、碧罗天暮〔9〕。
写不了相思，又蘸凉波飞去。

【注释】

〔1〕悲秋俦侣：悲秋伴侣。

〔2〕“紫塞”三句：是写雁在恶劣的环境下挣扎，有恨向谁诉说？紫塞，指长城。崔豹《古今注·都邑》：“秦筑长城，土色皆紫，汉塞亦然，故称‘紫塞’焉。”

〔3〕回汀枉渚：弯弯曲曲的水中小洲。汀，水中小洲。

〔4〕“随意”两句：意思是雁随便落到平沙上，好像安排好的一样，排成了像参差的筝柱。筝：拨弦乐器，上有十三弦，支弦的柱，参差排列。参差：有前有后。

〔5〕浦：水滨。

〔6〕“惯惊”两句：这两句是写雁的惶惶惊惧的心情。苏轼《卜算子》：“惊起却回头，有恨无人省。拣尽寒枝不肯栖，寂寞沙洲冷。”

〔7〕一绳云杪：雁群飞时，常排成“一”字，像绳子拉直一样。云杪：指云末，很远的高空。

〔8〕悬针垂露：在书法中，凡竖画下端出锋的，其锋如针之悬，叫作“悬针”；不出锋的，其圆如露之垂，叫作“垂露”。这句的意思是说雁字如书法中的悬针垂露。

〔9〕碧罗天：如同说碧云天。刘禹锡《春日书怀寄东洛白二十二杨八二庶子》：“野草芳菲红锦地，游丝撩乱碧罗天。”

写不成书只寄得相思一点

——咏雁诗词欣赏

木落南翔，冰泮北徂，云集雾散，声断衡阳，雁自古以来便是最能牵动诗人词客柔肠的。我国最早的诗歌总集《诗经》中就有“雍雍鸣雁，旭日始旦”的诗句，汉古诗中也有“摄衣步前庭，仰观南雁翔”的诗句。此后的历代诗人写下了许多咏雁诗。这些咏雁诗各有各的内容，各有各的寄托，其情感、格调、手法不尽相同。

同是写春雁，李峤乃是咏春归之雁。“春晖满朔方，候雁发衡阳。望月惊弦影，排云结阵行。往还倦南北，朝夕苦风霜。寄语能鸣侣，相随入故乡。”春天到来了，当春晖洒满北方的原野，南宿的大雁便从衡阳归回北方。诗的前两句感情色彩欢快，接下四句是写羁旅之苦，色彩阴郁。最后两句召唤伴侣飞归故乡的诗句，色调又明朗起来。全诗感情色彩有变化，较好地展现了大雁春归的急切兴奋之情。稍嫌不足的是，语句较工，有雕刻之迹。

“春风一夜到衡阳，楚水燕山万里长。莫怪春来便归去，江南虽好是他乡。”江南是美好的，然而当春天到来，大雁不再留这里了。这并非无情无义，因为故乡毕竟是它们依恋久念的地方。王恭借咏春归之雁，抒发了不恋他乡思故乡的情怀。全诗直意道来，语淡意明，给人以欢快之感。

“潇湘何事等闲回？水碧沙明两岸苔。二十五弦弹夜月，不胜清怨却飞来。”钱起的这首诗也是写春归之雁的，其构思曲致新巧，与前两首诗颇有所不同。开篇的两句突兀设问：“潇湘何事等闲回？水碧沙明两岸苔。”春雁啊，你为什么要从那潇湘之地归回？那里水草丰茂，两岸青郁又有什么不好？“二十五弦弹夜月，不胜清怨却飞来。”这两句对前两句发问做了回答：只因那湘江女神夜夜鼓瑟，那凄彻哀怨的相思之音谁堪忍闻，又怎能不飞离归来。在这里，诗人暗用了湘灵女神鼓瑟和瑟曲《归雁操》的典故。湘灵鼓瑟奏起的是《归雁操》之曲，它又怎能不拨动寄居异方的大雁的思乡之情，乡愁难耐，正是它归回的真正缘由。诗人咏雁以寓思乡之情，含蓄而深沉。全诗写思乡之情，却不着一字思乡之词，于一问一答中委婉地透露出深沉的不尽之意。构思新颖，立意含蓄。

咏春雁诗大多写得较轻快，即使有些沉郁之语，也多是为了垫衬春归返乡的喜悦。而写秋雁的诗篇，大多摆脱不了“愁”字，其情调多郁悒哀婉。然其中的寄托却又不尽相同，有的抒思乡之愁，有的写相思之苦，有的忧民历乱之困厄。

“秋空万里净，嘹唳独南征。风急翻霜冷，云开见月惊。塞长怯去翼，影灭有余声。怅望遥天外，乡愁满目生。”钱起这首诗把霜秋南征之雁的旅愁写得凄切哀人，借以抒思乡的愁苦之情。

“落鸿声里怨关山，泪湿秋衣不肯干。只道一番新雨过，谁知双袖倚楼寒。”范成大这首四言诗乃是借咏秋落鸿雁来抒相思之离愁别恨。从关山落鸿的凄怨之声，到泪洒秋衣的忧思之情，这是触闻落鸿哀怨之声而伤情的。接下的两句写：一番新雨过后，天将更冷了，诗人不由得想到家中的亲人，他担心亲人倚楼顾盼衣单而不胜寒。睹新雨而思亲人，思亲人更想到她倚楼而衣单，又见其相思之深。“谁知”两字颇具功力，此反问语正道出诗人的“独知”——唯有他才会想到她的倚楼久盼。由此地此景，转而彼地彼景，其转折自然含蓄，如蛇行草丛，无迹可寻。“谁知双袖倚楼寒”，既是表现了诗人深切的思念，同时也是对对方——“她”的描写。诗人描写自己想象中的亲人，虽仅是轻轻一笔，然而却神韵俱出。“双袖”空“寒”的意象具体生动，墨淡意聚，富有表现力。同时，“双袖”“寒”，又照应了“秋衣湿”，前后两笔，一脉贯穿，其相思之情被表现得自然而挚深，真可谓“淡中见真味”。

“金河秋半虏弦开，云外惊飞四散哀。仙掌月明孤影过，长门灯暗数声来。须知胡骑纷纷在，岂逐春风一一回？莫厌潇湘少人处，水多菰米岸莓苔。”杜牧这首诗虽也是写秋雁的，但立意与钱诗范诗又有所不同了。诗人以咏秋雁早迁，来抒忧民之情。诗中首先描写了边塞秋雁遭胡骑射杀，哀鸣四散，不得不早飞江南。接着描写了秋雁飞经京城的冷寂情景：清冷的月光，孤耸的金铜仙人；凄冷的长门宫，声声哀怨悲鸣。诗人以金铜仙人和月光冷漠来衬托孤雁的凄惨；以失宠幽居长门的哀怨烘衬秋雁悲鸣。这些描写，使人感受到一股悲凉之气。表面上是写秋雁，而实则是写人。诗人借秋雁遭胡骑射杀惊飞四散，比喻北方边民遭胡骑袭扰，流离失所，无家可归的悲惨境遇。诗的前四句是正面描写实情实景，诗的后四句诗人直抒胸臆，犹如与雁相语，于劝慰中更见其体贴备至。要知如今胡骑仍密布纷纷，即使是春风回暖，你们也难以一一返回。还是不要厌弃潇湘之地吧，尽管这里空旷人稀，然而却有着丰足的菰米莓苔。这亲切的慰藉之语，浸透着诗人对遭受离乱之苦的人民的深切关注和无限同情。全诗咏物比兴，曲深细腻，充分地表达了诗人忧民的深情厚念。

在咏雁诗中，还有许多借咏孤雁以托物述怀的诗词佳作。其中较有代表性的有杜甫的《孤雁》、陆游的《闻雁》、张炎的《解连环·孤雁》。这三首诗词，也是各有寄托。

“霜高木叶空，月落天宇黑。哀哀断行雁，来自关塞北。江湖稻粱少，念汝安得食？芦深洲渚冷，岁晚霰雪逼。不知重云外，何处避毕弋？我穷思远征，羡汝有羽翼。”陆游这首诗前十句叙写孤雁的羁旅之苦，霜空月落，渚冷雪逼，哀哀孤鸣，网捕弋射。诗人如此渲染孤雁的羁愁旅苦，并不是发恻隐之情，而是抒自身感慨。“我穷思远征，羡汝有羽翼。”虽然我身处困境，但我仍想奋飞远征，我是多么羡慕你有一双腾飞的翅膀，可以自由地翱翔啊！尽管孤雁艰难困厄，然而它毕竟还能凌空飞翔，而自己呢……诗中流露了诗人壮志难酬的无限感慨，同时也表露了诗人处恶境而不息的凌云抱负。

“孤雁不饮啄，飞鸣声念群。谁怜一片影，相失万重云。望尽似犹见，哀多如更闻。野鸦无意绪，鸣噪自纷纷。”杜甫这首《孤雁》借咏孤雁念群，来抒发自己渴望与亲人团聚的切切之情。

首联描写离群的孤雁不饮不啄，拼命追寻着自己的伙伴，声声呼叫，凄切哀人。诗句真切地展示了孤雁离群的惶恐以及寻群的焦急。

颔联紧接上句，进一步渲染孤雁失群的惶急。“一片影”与“万重云”形成鲜明的对照。“万重云”之下“一片影”，这悬殊极大的景致，构成了天壤茫茫、孤雁极小的意象，给人以空灵迷茫之感，更显出路遥雁孤、群伴难觅的凄苦。“谁怜”两字既凝聚了诗人对孤雁的怜悯之情，也透露出诗人自身不幸的感叹。此诗写于大历（766–779年）初，诗人经历了安史之乱，流落他乡，无时无刻不在盼望着与亲人团聚，然而因时事动荡，却难以如愿。以上四句意境深远，后人曾与鲍当的《孤雁》诗相比品评说：鲍当《孤雁》诗“更无声接续，空有影相随”孤则孤矣，岂若子美《孤雁》“孤雁不饮啄，飞鸣声念群。谁怜一片影，相失万重云”有不尽之意乎。

颔联着意于内在感受的描写，此两句与一、二句外在形象的描写互为表里。孤雁寻求群雁的渴望执着的目光，望着望着……似乎是看到群雁的身影；孤雁不停地焦急呼唤，唤啊，唤啊……好像是听到群雁的啼鸣。因盼望久已，才未见而似见，未闻而犹闻。这于幻觉中再现的意象，把渴望之深切，孤寂之煎熬，表现得淋漓尽致。故后人评曰：“写生至此，天雨泣矣。”

结尾以野鸦纷纷鸣噪，无忧无虑，无聊无意，来进一步反衬孤雁的孤寂、愁苦，其寓意更为深致。全诗咏雁寓情，出神入化，曲尽其妙，极见功力。

张炎的《解连环·孤雁》：“楚江空晚，怅离群万里，恍然惊散。自顾影欲下寒塘，正沙净草枯，水平天远。写不成书，只寄得相思一点。料因循误了，残毡拥雪，故人心眼。谁怜旅愁荏苒，漫长门夜悄，锦筝弹怨。想伴侣犹宿芦花，也曾念春前，去程应转。暮雨相呼，怕蓦地玉关重见。未羞他双燕归来，画帘半卷。”这首词，咏孤雁以述爱国忧民之襟怀。上片以“怅离群万里”等词语，比喻自己漂泊生涯。“写不成书，只寄得相思一点”把孤雁失群描摹为书不成“人”字，只剩得一点“相思”，意象极新颖。“料因循误了，残毡拥雪，故人心眼”的词句，引用了苏武“残毡拥雪”不畏艰难困苦，终以雁足传书而获释归汉的典故，寄托了词人对虏北囚禁的坚持民族气节的爱国之士的怀念。词的下片，进一步渲染了孤雁旅愁凄怨，以思念伴侣，顾念其栖止以及幻想着与其相逢的几个层次的描写，又寓含了对那些隐居不仕的友人的敬重。最后的“未羞他、双燕归来，画帘半卷”词句，表面是称赞孤雁于困厄之中、不羡双燕画帘富贵之乐，实际上隐喻了词人自己面对归顺元朝统治者的南宋宰相留梦炎之流，虽困苦而“未羞”的贞节。词中表露的是对卖身求荣的鄙夷，对保持民族气节的志士的首肯。

这首词咏物形神俱似，寓情贴切真挚，意境深沉有致，故而成为咏雁佳作，张炎也因此词而被人称之为“张孤雁”。

燕

咏燕诗

〔唐〕张九龄

海燕何微眇[1]，乘春亦暂来。
岂知泥滓贱[2]，只见玉堂开。
绣户时双入，华轩日几回。
无心与物竞[3]，鹰隼莫相猜。

【注释】

〔1〕微眇：微小，眇小。这里暗寓诗人出身微贱。

〔2〕“岂知”四句：这四句的意思是燕子岂知泥滓之贱，只见“玉堂”开着，便一日数次飞出飞进，衔泥作巢。暗寓自己在朝廷为相，日夜辛劳，惨淡经营。玉堂、绣户、华堂，皆隐喻朝廷。

〔3〕竞：竞争。

燕子来舟中作[1]

〔唐〕杜甫

湖南为客动经春，燕子衔泥两度新。
旧入故园尝识主[2]，如今社日远看人[3]。
可怜处处巢居室，何异飘飘托此身。
暂语船樯还起去[4]，穿花贴水益霑巾。

【注释】

〔1〕杜甫于大历三年（768年）出峡，先是漂泊湖北，后转涉湖南，大历四年正月由岳州到潭州。写此诗时，已是第二年的春天了，诗人仍留滞潭州，以舟为家。

〔2〕尝识主：曾经认识主人。尝，一作“常”。

〔3〕社日：古时春、秋两次祭祀土神的日子，一般在立春、立秋后第五个戊日。这里指春社之日。

〔4〕船樯（qiáng）：船桅杆。

绝句漫兴九首（其三）

〔唐〕杜甫

熟知茅斋绝低小[1]，江上燕子故来频[2]。
衔泥点污琴书内，更接飞虫打着人[3]。

【注释】

〔1〕茅斋：指诗人寓居成都的草堂书斋。

〔2〕故来频：江上的燕子非常熟知茅斋的低小所以频频而来。

〔3〕“更接”句：还要追捕飞虫甚至碰着了人。

春　燕

〔唐〕徐璧

双燕今朝至〔1〕，何时发海滨〔2〕。
窥人向檐语〔3〕，如道故乡春。

【注释】

〔1〕至：到。

〔2〕发：出发。这里指燕子“起飞”。

〔3〕窥人：从隐蔽处察看的人。

赋得早燕送别诗

〔唐〕李益

碧草缦如线〔1〕，去来双飞燕。
长门未有春，先入班姬殿〔2〕。
梁空绕复息，檐寒窥欲遍。
今至随红萼〔3〕，昔还悲素扇。
一别与秋鸿〔4〕，差池讵相见〔5〕。

【注释】

〔1〕缦：延长的样子。

〔2〕班姬：汉成帝之妃班婕妤，后失宠，境遇与被汉武帝贬的陈皇后相似。

〔3〕“今至”两句：这两句的意思是昔日到悲秋之时燕南归，现在随着春天的到来而飞回。

〔4〕秋鸿：即秋雁。

〔5〕差（cī）池：参差不齐。讵（jù）：岂。

归燕诗

〔唐〕杜牧

画堂歌舞喧喧地〔1〕，社去社来人不看〔2〕。
长是江楼使君伴〔3〕，黄昏犹待倚阑干。

【注释】

〔1〕喧喧：形容混杂的声音。这里指歌舞声。

〔2〕社来社去：燕一般春社来，秋社去，所以也叫社燕。

〔3〕长：常常。使君：旧时尊称奉命出使的人为“使君”。伴：陪伴。

燕　诗

〔唐〕郑谷

年去年来来去忙，春寒烟暝渡潇湘〔1〕。
低飞绿岸和梅雨〔2〕，乱入红楼拣杏梁〔3〕。

闲几砚中窥水浅[4]，落花径里得泥香。
千言万语无人会，又逐流莺过短墙[5]。

【注释】

〔1〕暝（míng）：昏暗。

〔2〕梅雨：江南梅子黄熟时，常阴雨连绵，称梅雨。这里指连绵雨。

〔3〕杏梁；文杏所制的屋梁，后用“杏梁”泛指华丽的屋宇。

〔4〕窥（kuī）：小视，观看。几：小桌子，古代设于座侧，以便凭倚。

〔5〕流莺：莺鸟。流，谓其鸣声圆转。

燕　诗

〔宋〕王安石

处处定知秋后别，年年常向社前逢。
行藏自欲追时节，岂是人间不见容[1]。

【注释】

〔1〕岂：难道。

燕　诗

〔宋〕陆游

初见梁间牖户新[1]，衔泥已复哺雏频[2]。
只愁去远归来晚，不怕低飞打著人[3]。

【注释】

〔1〕牖（yǒu）：窗。

〔2〕频：屡次，频繁。

〔3〕著："着"的本字。

燕 诗

〔宋〕陆游

春昼花明映柳纤，燕归胜事始能兼[1]。
争梁谇语惊幽梦[2]，掠地斜飞避画帘[3]。
雏食得虫应自喜[4]，巢泥经雨更频添。
去来要是知时节，尝怪人嘲作附炎[5]。

【注释】

〔1〕胜事：美好的事情。

〔2〕谇（suì）语：责让，埋怨话。

〔3〕掠地斜飞：形容燕子飞时的轻盈体态。

〔4〕雏（chú）：泛指幼禽。这里指小燕。

〔5〕尝：曾经。附炎：附炎趋势，意为看风使舵。

双双燕·咏燕

〔宋〕史达祖

过春社了[1]，度帘幕中间，去年尘冷。
差池欲住，试入旧巢相并[2]。
还相雕梁藻井[3]，又软语商量不定。

飘然快拂花梢[4]，翠尾分开红影[5]。
芳径，芹泥雨润[6]，爱贴地争飞，竞夸轻俊。
红楼归晚，看足柳昏花暝[7]。
应自栖香正稳[8]，便忘了天涯芳信[9]。
愁损翠黛双蛾[10]，日日画栏独凭[11]。

【注释】

〔1〕春社：节日，自宋代起，春社日在农历二月初一，燕子一般在春社前后从南方飞回。

〔2〕相并：形容燕子的亲昵关系。

〔3〕相（xiàng）：观察，细看。雕梁藻井：华屋的装饰。雕梁，用彩画装饰的屋梁。藻井，即天花板，是我国传统建筑中顶棚上的一种装饰，用交叉的木块拼成，形状像井栏，上有各种花纹、雕刻和彩画。

〔4〕飘然：迅疾的样子。这里是形容燕双飞时体态的轻盈。

〔5〕“翠尾”句：美丽的燕尾分开了花影。燕尾似剪刀。

〔6〕芹泥：燕子用以筑巢的泥。杜甫《徐步》：“芹泥随燕嘴，花蕊上蜂须。”

〔7〕暝（míng）：昏暗。

〔8〕“应自”句：写双燕归栖旧巢，睡得非常香甜。

〔9〕天涯芳信：即远离在外的丈夫的信息。据《开元天宝遗事》载：唐长安有一女子绍兰，丈夫任宗经商于湘中。数年不归，复音书不达。绍兰托双燕寄书，遂吟诗一首，上书其字，系于足上，燕遂飞鸣而去。燕落于任宗肩上，宗见妻所寄之诗，感而泣下，次年归，出诗示兰。传书燕的典故出自于此。

〔10〕翠黛双蛾：本指妇女青翠秀丽的眉毛，这里指红楼中的少妇。蛾，蛾的触须样的眉毛。

〔11〕“日日”句：意思是天天独倚画栏愁苦地盼望着丈夫的音信。

燕至诗

〔明〕高启

初来如报社前春，好宿茅檐伴客身[1]。
莫入江南旧庭院，杏花风雨总无人。

【注释】

〔1〕好（hào）：喜爱。伴：陪伴。

燕　诗

〔明〕徐祯卿

风暖池塘得意春，水芹烟草一回新[1]。
傍花掠羽差差影[2]，冲雨归巢煦煦亲[3]。
眼底兴衰王谢宅[4]，楼中恩怨绮罗人[5]。
闲追往事如相语，只有侬家似旧贫。

【注释】

〔1〕水芹：多年生水生宿根草本。夏季开白花，复伞形花序。性喜温暖湿润，嫩茎和叶柄可作蔬菜。烟草：一年生草本。茎直立，叶随品种而异。花淡红或淡黄色。性喜温暖，耐旱。按叶的用途及调制方法可分烤烟、晒烟等类。

〔2〕“傍花”句：这句是形容轻盈的燕子在花旁飞过，留下了参差不齐的身影。差差（cī cī）：同“参差”，不齐的样子。

〔3〕煦煦（xù）：和悦的样子。

〔4〕王谢：六朝时，王、谢二姓世为望族，故常并称。后以王谢为高门世族的代称。刘禹锡《乌衣巷》：“旧时王谢堂前燕，飞入寻常百姓家。”

〔5〕绮（qǐ）罗人：华丽的妇人。绮罗，有花纹的丝织物品。

白燕诗

〔明〕袁凯

故国飘零事已非，旧时王谢见应稀。
月明汉水初无影〔1〕，雪满梁园尚未归〔2〕。
柳絮池塘香入梦，梨花庭院冷侵衣。
赵家姊妹多相忌〔3〕，莫向昭阳殿里飞〔4〕。

【注释】

〔1〕汉水：水名，一称汉江，为长江最大支流。

〔2〕梁园：一名“梁苑”，又称“兔园”，园囿名，在今河南开封市东南，汉梁孝王（刘武）筑，为游赏与筵宾之所。

〔3〕赵家姊妹：指赵飞燕与其妹昭仪。

〔4〕昭阳殿：宫殿名，汉成帝时赵飞燕居处。后世多以“昭阳”指皇后之宫。

白　燕

〔明〕时大本

春社年年带雪归〔1〕，海棠庭院月争辉。

珠帘十二中间卷〔2〕，玉剪一双高下飞〔3〕。
天下公侯夸紫颔〔4〕，国中俦侣尚乌衣〔5〕。
江湖多少闲鸥鹭，宜与同盟伴钓矶〔6〕。

【注释】

〔1〕春社：指燕子。

〔2〕“珠帘”句：燕子在卷起的珠帘中间飞来飞去。十二，比喻燕子不停地飞出飞进。

〔3〕玉剪：形容美丽的燕尾像剪刀一般。

〔4〕公侯：公爵与侯爵，上等爵位，亦泛指高官勋爵。紫颔：燕的颔下是紫色。颔，下巴。

〔5〕俦侣：伴侣。尚：崇尚。乌衣：黑色的衣服。

〔6〕钓矶：钓鱼时所坐的岩石。同盟：指白燕。伴：陪伴。

见 燕

〔清〕丁澎

杏叶新阴拂女墙〔1〕，风吹小燕过池塘。
相期定似逢寒食〔2〕，乍见争如说故乡〔3〕。
弄影不教沾柳絮〔4〕，衔泥何惜点琴囊〔5〕。
双栖并翅真怜汝，愁杀卢家春昼长〔6〕。

【注释】

〔1〕拂：拂拭，掠过。女墙：城墙上的矮墙。

〔2〕相期：相互约定的时间。

〔3〕乍：刚，初。

〔4〕弄影：玩弄，引申为戏耍。

〔5〕点：玷污。

〔6〕愁杀：极言其忧愁。卢家：酒家少妇。卢，通“垆”。垆，酒店安置酒瓮的土墩子，亦为酒店的代称。

燕

〔清〕叶永年

芹泥重葺旧巢新〔1〕，记取年年及社辰〔2〕。
入幕不惊挥尘客〔3〕，巡檐如唤卷帘人〔4〕。
鸳鸯楼外春如海〔5〕，玳瑁梁间月似银〔6〕。
闲向主家谈故事〔7〕，昭阳台榭已凝尘〔8〕。

【注释】

〔1〕芹泥：燕子用以筑巢的草泥。葺（qì）：修理房屋。

〔2〕及：到。社辰：古代祀社神的节日，有春社、秋社，这里指春社。

〔3〕幕：窗帷。挥尘客：打扫尘土的人。

〔4〕巡檐：燕在檐下往来。

〔5〕鸳鸯楼：比喻夫妇居所。

〔6〕玳瑁（dài mào）梁：画梁。沈佺期《古意》：“海燕双栖玳瑁梁。”

〔7〕故事：旧事。

〔8〕台榭：亭台水榭。

燕来

〔清〕周京

烟雨疏疏覆绿苔[1]，海棠时节燕重来[2]。
不辞故国三千里[3]，还认雕梁十二回[4]。
荒草谁家深院落，繁花何处好池台。
却邻旧馆曾相识[5]，为把湘帘手自开[6]。

【注释】

〔1〕烟雨：烟雾般的蒙蒙细雨。疏疏：稀疏的样子。

〔2〕海棠时节：指春季。

〔3〕不辞：不辞辛苦。故国：指燕的故居。

〔4〕雕梁：用彩画装饰的屋梁。十二回：指燕子在雕梁上作巢，飞出飞进，往返频繁。

〔5〕邻：接近。旧馆：旧居。

〔6〕湘帘：用湘妃竹做的帘子。

烟雨疏疏霞绿苔
海棠时节燕重来

——咏燕诗词欣赏

“毛衣似锦语如弦，日暖争高绮陌天”“轻燕爱风正落絮”“劳劳胡燕怨春酣”，燕子春归带给人们以春天的欢乐和喜悦。它软语多情，轻盈俊俏，或竞飞于花间，或呢喃于梁上，喜与人亲，被人们视为吉祥之物，有“天女”之称。故此历代诗人留下许多咏燕诗篇。

燕子的形姿神态是很美的，诗人们对燕子的描绘就更美了。诗人陆游在他的《燕诗》中有这样描摹春燕的诗句：“……争梁谇语惊幽梦，掠地斜飞避画帘。雏食得虫应自喜，巢泥经雨更频添。”写春燕争梁谇语之声、掠地斜飞之姿、喜喂雏食之情、频添巢泥之勤，其各种形姿神态被描绘得生动活泼，形象鲜明。丁澎的《见燕》诗：“杏叶新阴拂女墙，风吹小燕过池塘。相期定似逢寒食，乍见争如说故乡。弄影不教沾柳絮，衔泥何惜点琴囊。双栖并翅真怜汝，愁杀卢家春昼长。”燕子春归之喜悦，戏嬉之欢畅写得声色盎然，意趣横生。而史达祖的《双双燕·咏燕》比之以上两诗更毕其神貌了。“过春社了，度帘幕中间，去年尘冷。差池欲住，试入旧巢相并。还相雕梁藻井，又软语商量不定。飘然快拂花梢，翠尾分开红影。芳径，芹泥雨润。爱贴地争飞，竞夸轻俊。红楼归晚，看足柳昏花暝。应自栖香正稳，便忘了天涯芳信。愁损翠黛双蛾，日日画栏独凭。”全词描写细腻传神，一环紧扣一环，宛如一部优美的动画片。词中写燕子春归、入帘、“欲住”、“试入”，“又软语商量不定。”

在那春光明媚的原野上，燕子拂花梢，衔雨泥，贴地争飞，看尽艳花翠柳，归晚酣睡，一步步写来。飘然快拂而见其飞时体态的轻盈；“竞夸轻俊”，从燕子彼此夸耀飞时轻盈俊俏的优美姿态描写中，透露出比翼双飞、亲密愉快的心情。“翠尾”“红影”轻盈中而见其色彩之美，“软语商量”柔情中又闻其声。结尾句以少妇的愁思，反衬春燕形影不离的快乐，同开头以红楼中清冷的气氛反衬归燕欢喜心情，遥相呼应，又见其构思之巧。词中以“芳径，芹泥雨润”“柳昏花暝”的自然环境美烘托其愉快情绪，以“软语商量”“竞夸轻俊”等拟人手法描摹其亲昵情姿。以“欲”“试”“还”“又”的虚词表现心理上的曲微情态变化，都有独到之处。从红楼屋内到春光原野，又从花间飞到红楼酣睡，既描写燕子外在形姿，又点染其内在神情。短短一首词融及了这么多的内容，施以这么多的手法，莫怪乎，被后世的评论家“赞为咏物一体极规矩之作”（俞平伯），确实不愧为咏物名作。

同是咏白燕诗，袁凯有“故国飘零事已非，旧时王谢见应稀。月明汉水初无影，雪满梁园尚未归。柳絮池塘香入梦，梨花庭院冷侵衣。赵家姊妹多相忌，莫向昭阳殿里飞”，时大本有“春社年年带雪归，海棠庭院月争辉。珠帘十二中间卷，玉剪一双高下飞。天下公侯夸紫颔，国中俦侣尚乌衣。江湖多少闲鸥鹭，宜与同盟伴钓矶”，两诗各有特色，但相比之下，袁诗比时诗写得更自然贴切，咏物而不粘着物，尤其是中间四句意境极为优美。诗人以“月明汉水”“雪满梁园”景境点衬出燕“白”。景境之冰洁玉雪，白燕其中混然难辨，故而给人“无影”“未归”之感，寻它不见。真个寻它不见吗？接下两句却别出一番情景；在那柳絮飘舞的池塘岸边，它们已酣香入梦；在那梨花盛开的庭院中，它们正在竦竦抖羽。前两句以月辉白雪渲染其白，后两句以柳絮梨花烘托其白，一反说，一正衬，相得益彰，其景境浑然而优美。时诗“珠帘”“玉剪”两句虽也较出色，但是其以“带雪归”“月争辉”渲染句和“夸紫颔”“尚乌衣”反衬句却失于雕琢，不够自然、贴切，也难给人以浑然一体的景境之美。关于这两首诗还有一段故事。某日，袁凯拜谒杨廉夫，见几上有时大本《咏白燕诗》，袁凯看后对廉夫说：“此诗未尽体物之妙。”廉夫不以为然。袁归作《白燕诗》，转天呈廉夫。廉夫得后叹赏不已，连书数纸，尽散坐客，一时呼为“袁白燕”。

“窥人向檐语，如道故乡春”（徐璧），“闲向主家谈故事，昭阳台榭已凝尘”（叶永年），燕子与人分外亲昵，不畏人惧人，俨然像是人们的老朋友。在描写人与燕的诗篇中，其各自抒发的情感也不尽相同。如杜甫的“熟知茅斋绝低小，江上燕子故来频。衔泥点污琴书内，更接飞虫打着人”（《绝句漫兴》九首其三），写飞燕频入草堂，衔泥点污琴书，捕虫飞撞主人。体物缘情，于描摹中自然透露出客居他乡、孤苦烦闷的心情。而陆游的“初见梁间牖户新，衔泥已复哺雏频。只愁去远归来晚，不怕低飞打著人”一诗，又别是一番情思。春燕新归，室窗已焕然一新，它们衔泥筑巢，捕虫哺雏，无忧无虑地忙碌着。诗中透露出诗人怡静的神情和对春燕的无限爱恋。显然陆诗是依杜诗韵而作，其内容和情感却迥然有别。

在咏燕诗中，还有一些富于理趣的寄托之作，这些诗借咏物以言理，寓意深致，颇耐人寻味。“我屋汝嫌低不住，雕梁画阁也知宽。大须稳择安巢处，莫道巢成却不安！”杜荀鹤在这首《春来燕》诗中，通过对不居低屋草堂而寻雕梁画阁的春燕的劝诫，寓托了对封建上层社会的憎恶。于讥刺中表明：嫌贫爱富，终为其害的道理。

“处处定知秋后别，年年常向社前逢。行藏自欲追时节，岂是人间不见容。”王安石这首《燕诗》以燕子南移北归，因时节而迁徙来引发议论，寄托了诗人因时势而进退，不为人言所左右的明智与坚毅，其中也隐含了谋事必须要遵照客观规律而行止，不可逆而为之，更不可为别人的议论所迷惑的道理。此诗因形象而感发议论，于议论中隐寓道理，读之使人深受启示。

还有一些咏燕诗借咏燕以言情，情真物切，读之回肠荡气，令人感慨，令人感动。其中最有代表性的是杜甫的《燕子来舟中作》。“湖南为客动经春，燕子衔泥两度新。旧入故园尝识主，如今社日远看人。可怜处处巢居室，何异飘飘托此身。暂语船樯还起去，穿花贴水益霑巾。”此诗是杜甫晚岁客居湖南时所作。诗中借咏燕而感慨自己忧思茫茫的身世。面对落在船樯上的一只春燕，诗人深情地倾诉自己的情怀。似曾相识的故园燕子，如今相逢于舟中，你为什么只是远远地看着我？可怜你在这茫茫的天宇之中，到处为家，没有定居之巢，这与我在茫茫的江湖之中飘飘荡荡、无依无靠又有什么两样呢？燕子啊，你为什么不多待一会儿又飞起？唉！我知道你也是为生计所迫。然而那只春燕飞起了，却又穿浪花贴水波，依恋徘徊，不忍离去，似是无限依恋之情。面对此情此景，诗人不禁老泪纵横，沾湿衣裳。诗人对孤燕充满深情的倾诉，表面上是忧怜孤燕漂泊之苦，其字里行间却又浸透着对自己流居他乡的忧思愁苦。尤其是诗尾句那相依相别、恋恋不舍的描述，更是催人泪下。此诗以情贯穿，字字浸泪，分不清是人怜燕，还是燕怜人，句句咏燕，句句关联着诗人的身世。其忧苦情思，无一句明言，却都包容在景境之中。故清人卢世㴶赞之：“五十六字内，比物连类，似复似繁，茫茫有身世无穷之感，却又一字不说出，读之但觉满纸是泪，世之相后也，一千岁矣，而其诗能动人如此。”

鸥

咏白鸥

〔南朝·梁〕何逊

可怜双白鸥[1]，朝夕水上游。
何言异栖息，雌往雄不留。
孤飞出浦溆[2]，独宿下沧洲[3]。
东西从此去，影响绝无由。

【注释】

〔1〕鸥：鸟纲，鸥科各种类的通称，概为水鸟，体形有大小差别。翼尖长，善于飞翔，趾间具蹼，能游泳。体羽多灰白色，幼鸟或更缀有灰、褐等色斑点。主食鱼类、昆虫和多种水生动物。种类繁多。我国常见的有海鸥、银鸥和燕鸥等。

〔2〕浦溆（xù）：水边。

〔3〕沧洲：濒水的地方。

古 风

〔唐〕李白

摇裔双白鸥[1]，鸣飞沧江流[2]。
宜与海人狎[3]，岂伊云鹤俦[4]。
寄形宿沙月，沿芳戏春洲。
吾亦洗心者[5]，忘机从尔游[6]。

【注释】

〔1〕摇裔（yì）：如同摇曳，逍遥飞升。李白《玉真公主别馆苦雨赠卫尉张卿》诗："功成拂衣去，摇曳沧洲傍。"

〔2〕沧江：泛指江水。江水呈青苍色，故称。

〔3〕狎（xiá）：亲近。

〔4〕伊：是。俦：伴侣。

〔5〕洗心：指涤荡心中杂念。

〔6〕忘机：泯除机心。机，机心，指巧诈之心、泯除机心，指自甘恬淡与世无争。

鸥

〔唐〕杜甫

江浦寒鸥戏[1]，无他亦自饶[2]。
却思翻玉羽[3]，随意点春苗。
雪暗还须浴[4]，风生一任飘。

几群沧海上，清影日萧萧[5]。

【注释】

〔1〕江浦：江滨。

〔2〕饶：饶乐，高兴。

〔3〕玉羽：比喻洁白美丽的羽毛。

〔4〕雪：这里指鸥的羽毛。

〔5〕萧萧：日光摇动的样子。

弄白鸥歌

〔唐〕刘长卿

泛泛江上鸥[1]，毛衣皓如雪[2]。
朝飞潇湘水，夜宿洞庭月[3]。
归客正夷犹[4]，爱此沧江闲白鸥[5]。

【注释】

〔1〕泛泛：漂浮的样子。

〔2〕皓（hào）：洁白。

〔3〕洞庭：在湖南省北部、长江南岸。南及西纳湘、资、沅、沣四水，北纳长江松滋、太平、藕池、调弦四口汛期流入的洪水，在岳阳县城陵矶汇入长江。

〔4〕归客：此指作者。夷犹：亦作“夷由”，迟疑不进。

〔5〕沧江：泛指江水。

戏　鸥

〔唐〕钱起

乍依菱蔓聚〔1〕，尽向芦花灭〔2〕。
更喜好风来，数片翻晴雪〔3〕。

【注释】

〔1〕乍：忽然。蔓：蔓生植物的枝茎，草本曰蔓。

〔2〕尽：全部，都。灭：隐没。

〔3〕雪：指白鸥。

白　鸥

〔唐〕陆龟蒙

惯向溪头漾浅沙，薄烟微雨是生涯。
时时失伴沉山影，往往争飞杂浪花。
晚树清凉还鸀鳿〔1〕，旧巢零落寄蒹葭〔2〕。
池塘信美应难恋〔3〕，针在鱼唇剑在虾。

【注释】

〔1〕鸀鳿（zhuò yù）：鸟名，即“鸑鷟”，似鸭而大，长颈赤目，紫绀色。

〔2〕蒹葭（jiān jiā）：没有长穗的芦苇。

〔3〕信：的确。

海　鸥

〔元〕宋无

群飞独宿水中央，逐浪随波羽半伤。
莫去西湖花里睡，芰荷翻雨打鸳鸯〔1〕。

【注释】

〔1〕芰（jì）荷：出水的荷。这里指荷叶。

却思翻玉羽
随意点春苗

——咏鸥诗欣赏

鸥随潮往来，逐浪轻漾，其凌波翱翔、潇洒轻盈的健姿，颇能引动诗人情思。故李白有“白鸥闲不去，常拂酒筵飞”的诗句，黄庭坚有“江南野水碧于天，中有白鸥闲似我”的吟咏。

咏鸥诗中有的直抒对白鸥的喜爱之情，“归客正夷犹，爱此沧江闲白鸥”（刘长卿的《弄白鸥歌》）；有的则感叹江鸥的觅食之难，饥不得饱，“秋江水冷无人渡，群鸥忍饥愁日暮”（高启《鸥捕鱼》）；有的则咏鸥隐含着告诫，“莫去西湖花里睡，芰荷翻雨打鸳鸯”（宋无《海鸥》）。甚至于那些描写优美、寄托曲致的咏物抒怀之作，更能给人以深刻启迪和美的享受。

“乍依菱蔓聚，尽向芦花灭。更喜好风来，数片翻晴雪。”钱起这首《戏鸥》小诗生动而有趣，几只白鸥一会儿在菱叶蔓枝上喧嘻戏聚，一会儿忽地尽向芦花丛中隐去。忽然一阵清风吹来，芦花摇动。啊！几只白鸥顺风飞起，恰似几片白雪在随风飘舞。淡淡几笔便描绘出一幅优美的画卷。白鸥那可爱的行姿神态栩栩如在眼前。

“江浦寒鸥戏，无他亦自饶。却思翻玉羽，随意点春苗。”在杜甫笔下，白鸥是何等的逍遥自在。江滨之上它们无忧无虑地嬉戏游玩，无他鸟相扰更是自得其乐。但它们不安于此，却要一翻玉羽，凌飞大江，逐浪上下。“随意点春苗”的比喻，形象生动，立意新鲜，在描绘中似又隐含了别一番意蕴，与杜甫另一首诗中所吟咏的“白鸥没浩荡，万里谁能驯”的诗句不无相通之意。那无拘无束的自由翱翔的形象，似凝注了诗人的情怀。诗人没有就此搁笔，接下写道：“雪暗还须浴，风生一任飘。几群沧海上，清影日萧萧。”其羽如雪，还要浴浪以洁，其翅亦轻，更任风而飘。辉光映照，清影矫捷，浮拂沧海之上，真可谓神姿英发。

“摇裔双白鸥，鸣飞沧江流。宜与海人狎，岂伊云鹤俦。寄形宿沙月，沿芳戏春洲。吾亦洗心者，忘机从尔游。”李白这首咏鸥诗乃是咏物抒怀之作。白鸥振翼鸣飞，翱翔沧江，与海人亲近，而不与云鹤为伴，寄寓江湖，恬淡自乐。在诗人的笔下，白鸥是自由快乐的。“吾亦洗心者，忘机从尔游。”诗人渴望自己也要像白鸥一样自由自在地翱翔，不再为迂腐的世俗所羁绊。诗人在另一首诗中也慨然吟道：“明朝拂衣去，永与白鸥群。”表明了高洁不羁的情怀。

鹰

黑　鹰

〔唐〕杜甫

黑鹰不省人间有〔1〕，度海疑从北极来。
正翮搏风超紫塞〔2〕，玄冬几夜宿阳台〔3〕。
虞罗自觉虚施巧〔4〕，春雁同归必见猜〔5〕。
万里寒空衹一日〔6〕，金眸玉爪不凡材。

【注释】

〔1〕不省（xǐng）：不察。

〔2〕正翮（hé）：言直北正飞。翮，指鹰翼。紫塞：北方边塞，也叫雁门。据说其山高入霄汉，雁飞不能逾，只能从两山断处而过，故谓之雁门。今黑鹰超越此门，故曰超紫塞。

〔3〕玄冬：冬季。

〔4〕“虞罗”句：意思是说黑鹰很机警，已觉察到虞人虚设了罗网。虞，虞人。古代掌管山泽苑囿、田猎的官。

〔5〕“春雁”句：黑鹰与春雁同归，恐怕要搏击。

〔6〕“万里”句：形容黑鹰飞腾之速。

白　鹰

〔唐〕杜甫

雪飞玉立尽清秋[1]，不惜奇毛恣远游[2]。
在野只教心力破，于人何事网罗求。
一生自猎知无敌，百中争能耻下鞲[3]。
鹏碍九天须却避[4]，兔藏三窟莫深忧[5]。

【注释】

〔1〕雪、玉：比喻鹰色之白。

〔2〕恣（zì）：放纵，恣意。

〔3〕耻下鞲（gōu）：意思是不受人役。鞲，射箭时用的皮制臂套。

〔4〕碍（ài）：遮蔽。鹏：传说为鸟类中最大的鸟，由鲲变化而成。九天：极言其高。

〔5〕三窟：三个洞穴。《战国策·齐四》：“狡兔有三窟，仅得免其死耳。”谓狡兔遇敌，可以辗转逃避。

画　鹰

〔唐〕杜甫

素练风霜起[1]，苍鹰画作殊[2]。
㧐身思狡兔[3]，侧目似愁胡[4]。
绦镟光堪擿[5]，轩楹势可呼[6]。
何当击凡鸟[7]，毛血洒平芜[8]。

【注释】

〔1〕素练：指洁白的绢帛。

〔2〕殊：特殊。

〔3〕㧐（sǒng）身：挺身。㧐，挺，直立。狡兔：狡猾的兔子。

〔4〕侧目：《汉书·酷吏传·郅都》："侧目而视，号曰苍鹰。"愁胡：指猢狲。孙楚《鹰赋》："深目蛾眉，状如愁胡。"傅玄《猿猴赋》："扬眉蹙额，若愁若嗔。"

〔5〕"绦镟（tāo xuàn）"句：意思是系着金属圆轴的苍鹰，光彩照人，只要把丝绳解掉，即可展翅飞翔。绦，丝绳。镟，转轴。堪，能。

〔6〕轩楹：堂前廊柱。此指画鹰悬挂之地。

〔7〕凡鸟：暗喻误国的庸人，似有锄恶之意。

〔8〕平芜：杂草繁茂的原野。

笼鹰词[1]

〔唐〕柳宗元

凄风淅沥飞严霜[2]，苍鹰上击翻曙光[3]。
云披雾裂虹霓断[4]，霹雳掣电捎平冈[5]。
砉然劲翮剪荆棘[6]，下攫狐兔腾苍茫[7]。
爪毛吻血百鸟逝[8]，独立四顾时激昂[9]。
炎风溽暑忽然至[10]，羽翼脱落自摧藏[11]。
草中狸鼠足为患[12]，一夕十顾惊且伤[13]。
但愿清商复为假[14]，拔去万累云间翔[15]。

【注释】

〔1〕笼鹰：困在笼中的鹰，比喻自己受围困束缚。

〔2〕凄风：寒风。淅沥：形容风的声音。

〔3〕翻曙光：在曙光中翻腾飞翔。

〔4〕披：劈开。虹霓（ní）：雨后彩虹，有时出现双虹，内环色鲜，叫虹，外环色淡，叫霓。

〔5〕霹雳掣（chè）电：形容苍鹰迅飞，如一声霹雳一道闪电。捎：掠过。

〔6〕砉（xū）然：象声词，形容极其迅速。劲翮（hé）：强健有力的翅膀。

〔7〕下攫（jué）：俯冲下去迅速抓取。攫，用爪抓取。苍茫：指天空。

〔8〕爪毛吻血：爪子上带着毛，嘴边上沾着血。百鸟逝：比喻当时一般士大夫对革新派勇猛冲击的行动感到震惊恐慌，都吓跑了。逝，逃走。

〔9〕四顾：看看四周。时：常常。

〔10〕炎风：古称东北风为炎风。溽（rù）暑：又湿又热。

〔11〕摧藏：摧残，毁坏。

〔12〕“草中”句：这句是说，甚至连草中山猫田鼠都能迫害鹰了。狸（lí）：貉，也叫“山猫”。足为患：足以成为祸害。

〔13〕“一夕”句：一个夜晚要探望许多次，以防受害。

〔14〕清商：古代的一种乐调，借指秋风。假：凭借。这句是说希望秋风吹来，重新出现雄鹰展翅的大好时机。

〔15〕拔去：拔掉，除去。万累：指重重束缚。累：一作“里”。

白鹰诗

〔唐〕刘禹锡

毛羽斑斓白纻裁[1]，马前擎出不轻猜[2]。
轻抛一点入云去，喝杀三声掠地来。

绿玉嘴攒鸡脑破〔3〕，乌金爪擘兔心开〔4〕。
都缘解搦生灵物〔5〕，所以人人道俊哉。

【注释】

〔1〕斑斓：色彩鲜明灿烂的样子。白纻（zhù）：白粗布。纻，用苎麻为原料织成的粗布。

〔2〕擎（qíng）：举，向上托。

〔3〕攒：通“钻”，指鹰嘴很尖，一钻即破。

〔4〕擘（bò）：分剖，分裂。

〔5〕缘：因为。解：知道。搦（ruò）：捏，握持。生灵物：指有生命的动物。

鹰

〔唐〕章孝标

星眸未放瞥秋毫〔1〕，频掣金铃试雪毛〔2〕。
会使老拳供口腹〔3〕，莫辞亲手啖腥臊〔4〕。
穿云自怪身如电，煞兔谁知吻胜刀〔5〕。
可惜忍饥寒日暮，向人鹐断碧丝条〔6〕。

【注释】

〔1〕星眸（móu）：指眼睛。秋毫：喻事物之微细。

〔2〕频掣：一次次迅速地。

〔3〕老拳：结实的拳头。《晋书·石勒载记》下：“初，勒与李阳邻居，岁常争麻地，迭相殴击……（及为赵王）乃使召阳。既至，勒与酣谑，引阳臂笑曰：‘孤往日厌卿老拳，卿亦饱孤毒手’。”

〔4〕啖（dàn）：吃。腥臊：此指鹰所猎之物。

〔5〕煞（shā）：灭。吻：此指鹰的尖嘴。吻，唇的两边。
〔6〕向人：朝着人。鸽（qiān）：啄。碧丝条：系鹰的绳。

咏　鹰

〔唐〕高越

雪爪星眸世所稀[1]，摩天专待振毛衣[2]。
虞人莫谩张罗网[3]，未肯平原浅草飞。

【注释】

〔1〕星眸（móu）：明亮的眼睛。眸，眼珠。
〔2〕摩：迫近，接近。
〔3〕谩（màn）：怠慢、轻视。

和舍弟让笼中鹰

〔唐〕吕温

未用且求安，无猜也不残[1]。
九天飞势在[2]，六月目睛寒。
动触樊笼倦[3]，闲消肉食难。
主人憎恶鸟，试待一呼看。

【注释】

〔1〕残：毁坏。
〔2〕九天：极言其高。
〔3〕樊（fán）笼：关鸟兽的笼子，比喻受束缚、不自由的境地。

醉落魄·咏鹰

〔清〕陈维崧

寒山几堵[1]，风低削碎中原路[2]。
秋空一碧无今古。醉袒貂裘[3]，略记寻呼处[4]。
男儿身手和谁赌？老来猛气还轩举[5]。
人间多少闲狐兔[6]，月黑沙黄[7]，此际偏思汝。

【注释】

〔1〕堵：座。

〔2〕“风低”句：这句是形容鹰这种猛禽的飞翔，不同凡鸟。

〔3〕袒：袒露。旧时携鹰出猎，鹰喜栖于主人臂上。此句写醉后呼鹰，袒开貂袍，露出胳膊的神情。

〔4〕寻呼：指呼鹰寻猎。

〔5〕轩举：高扬。

〔6〕狐兔：被猎之物。

〔7〕“月黑”两句：狐兔喜夜晚出来活动，这时最宜出猎。汝：指鹰。

一生自猎知无敌
百中争能耻下鞲

——咏鹰诗词欣赏

鹰决云凌霄，雄飞万里，最常见著于诗人的笔下。“轻抛一点入云去，喝杀三声掠地来”可见其迅急，“角鹰翻倒壮士臂，将军玉帐轩勇气”足见其勇猛。“苍鹰厉爪翼，耻与燕雀游”，诗人们常常借咏鹰而抒寄壮怀猛志。

“雪飞玉立尽清秋，不惜奇毛恣远游。在野只教心力破，于人何事网罗求。一生自猎知无敌，百中争能耻下鞲。鹏碍九天须却避，兔藏三窟莫深忧。”诗人杜甫写下不少咏鹰诗，其中有名的有《黑鹰》《王兵马使二角诗》《画鹰》等，这首诗是写《白鹰》的。诗的前四句错综叙题，写出清秋远游的白鹰如雪似玉的白羽，奇毛劲翼的神采。同时也赞美白鹰心力虽破，罗网难羁的雄劲猛气。诗的后四句则写出了白鹰的英决机警。它自信无敌，不甘受人拘役，敢击大鹏、不屑走兔的雄魄胆略。透过诗人所吟咏描摹的白鹰的神姿，可令人想见白鹰那高洁的品格、气韵之雄美。

杜甫这首《白鹰》诗是暗写白鹰的神姿，而他的另一首《黑鹰》则是明写黑鹰的神姿，多是以正面实笔的描摹。诗中既描写了黑鹰来去之迅速，又渲染出“正翮搏风”“玄冬夜宿”之艰难奋飞、神勇无畏。其中“虞罗自觉”言其机警，“万里寒空”言其飞腾之速，“金眸玉爪”绘其形质之奇。首句“黑鹰不省人间有”明提其黑，尾句“金眸玉爪不凡材”，反衬其黑，首尾相应。全诗形象鲜明生动，栩栩逼人。

“凄风淅沥飞严霜，苍鹰上击翻曙光。云披雾裂虹霓断，霹雳掣电捎平冈。砉然劲翮剪荆棘，下攫狐兔腾苍茫。爪毛吻血百鸟逝，独立四顾时激昂。”柳宗元这首《笼鹰词》借咏鹰以抒怀，与杜甫诗相比，其寓意更为深刻。诗的前八句描摹雄鹰叱咤风云的雄壮英姿，气势雄浑。写它在凄风严霜中飞翔，迎着曙光而腾搏，披云决雾，如雷似电，惊掠山冈，不畏荆棘，勇攫狐兔，诗句中充满一股激昂奋勇的豪气。诗人正是通过对雄鹰勇猛搏击的形象的描写，寄托和抒发了自己在参与革新运动中那种豪迈奋进的精神。接下四句“炎风溽暑忽然至，羽翼脱落自摧藏。草中狸鼠足为患，一夕十顾惊且伤”写雄鹰倍遭摧残。因气候突变，羽翼脱落，致使不能展翅奋击，反而被狐狸、野鼠所欺。诗中表现和流露的怆凉悲愤的情调，则曲折地表露了诗人因革新运动的失败，遭受守旧派迫害的痛苦心情。然而诗人并没有灰心丧气，“但愿清商复为假，拔去万累云间翔”。诗人仍然渴望着大好时机能来临，重新一展雄翅凌云翱翔。诗句是咏鹰，但表露了诗人不屈不挠的坚定信心和为实现政治改革继续斗争的雄心壮志。全诗咏物抒怀，形象生动，情致真切，字里行间充溢着激昂奋发之情。

鹤

咏　鹤

〔唐〕李峤

黄鹤远联翩[1]，从鸾下紫烟[2]。
翱翔一万里，来去几千年。
已憩青田侧[3]，时游丹禁前[4]。
莫言空警露[5]，犹冀一闻天[6]。

【注释】

〔1〕鹤：鸟纲，鹤科各种类的泛称，外形像鹭和鹳。喙、翼和跗跖很长，促足趾甚短，常活动于平原水际或沼泽地带，食各种小动物和植物。在我国有丹顶鹤、灰鹤等多种。联翩：鸟飞的样子。此形容黄鹤连续不断地飞了很远。

〔2〕鸾（luán）：即鸾鸟，传说为神鸟。《说文》："鸾，亦神灵之精也。赤色，五采，鸡形。鸣中五音。"

〔3〕憩（qì）：休息。青田：山名。在浙江青田县西北，有泉石之胜，为道书称三十六洞天之一，名青田大鹤天。

〔4〕丹禁：帝王所居的禁城。

〔5〕“莫言”句：鹤性机警，八月，白露降，流于草，滴滴有声，因即高鸣相警，移徙所宿处，虑有变害。

〔6〕冀：希望。

池边鹤

〔唐〕储光羲

舞鹤傍池边[1]，水清毛羽鲜。
立如依岸雪，飞似向池泉。
江海虽言旷[2]，无如君子前[3]。

【注释】

〔1〕傍：依傍，临近。

〔2〕旷：空阔。

〔3〕君子：指鹤。

田　鹤

〔唐〕钱起

田鹤望碧霄[1]，无风亦自举[2]。
单飞后片雪，早晚及前侣[3]。

【注释】

〔1〕碧霄：春天。

〔2〕举：起飞。

〔3〕及：赶得上。侣：同伴，伴侣。

双　鹤

〔唐〕白居易

辞乡远隔华亭水[1]，逐我来栖缑岭云[2]。
惭愧稻粱长不饱，未曾回眼向鸡群。

【注释】

〔1〕华亭：古地名，在今浙江省嘉兴市。《八王故事》载："华亭，吴由拳县（今嘉兴市）郊外墅也，有清泉茂林。"

〔2〕缑（gōu）岭：山名，在河南偃师县，又名缑氏山。

池鹤二首（其一）

〔唐〕白居易

高竹笼前无伴侣，乱鸡群里有风标[1]。
低头乍恐丹砂落[2]，晒翅常疑白雪消[3]。
转觉鸬鹚毛色下[4]，苦嫌鹦鹉语声娇[5]。
临风一唳思何事[6]，怅望青田云外遥[7]。

【注释】

〔1〕风标：风度，仪态。

〔2〕乍：忽然。丹砂：朱砂，此指鹤的丹顶。鹤头顶皮肤裸露，呈朱红色，故称丹顶。

〔3〕白雪：这里以白雪喻鹤的羽毛。

〔4〕鸬鹚（lú cí）：鸟名，亦称“水老鸦”“鱼鹰”。体羽主要为黑色而带有紫色金属光泽。

〔5〕鹦鹉：鸟名，俗称“鹦哥”。羽毛色彩美丽。舌肉质而柔软，经反复训练，能模仿人的声音。

〔6〕唳（lì）：鹤高亢的鸣叫。

〔7〕怅望：怅然想望。

鹤叹二首（其二）

〔唐〕刘禹锡

丹顶宜承日〔1〕，霜翎不染泥。
爱池能久立，看月未成栖〔2〕。
一院春草长，三山归路迷〔3〕。
主人朝谒早〔4〕，贪养汝南鸡〔5〕。

【注释】

〔1〕丹顶：指丹顶鹤朱红色的头顶。

〔2〕栖：鸟类歇息称“栖”。

〔3〕三山：古代神话中的三神山。王嘉《拾遗记》：“三壶，则海中三山也：一曰方壶，则方丈也；二曰蓬壶，则蓬莱也；三曰瀛壶，则瀛洲也。”

〔4〕朝谒（yè）：古代臣子晋见君主称朝谒。朝，古代臣见君的通称。谒，请见，进见。

〔5〕汝南鸡：汝南的长鸣鸡。

崔卿池上鹤

〔唐〕贾岛

月中时叫叶纷纷，不异洞庭霜夜闻[1]。
翎羽如今从放长[2]，犹能飞起向孤云[3]。

【注释】

〔1〕洞庭：在湖南省北部、长江南岸，此泛指南方。
〔2〕翎羽：羽翼。此句一作“翎羽从今如罢剪”。
〔3〕向：一作“上”。

忆放鹤

〔唐〕李绅

羽毛似雪无瑕点[1]，顾影秋池舞白云[2]。
闲整素仪三岛近[3]，回飘清唳九霄闻[4]。
好风顺举应摩日[5]，逸翮将翔莫恋群[6]。
凌励坐看空碧外[7]，更怜凫鹭老江濆[8]。

【注释】

〔1〕瑕（xiá）：玉上的斑点。此句形容鹤的羽毛很白，无一点斑点。
〔2〕顾影：顾望形影。白云：形容鹤洁白的羽毛。
〔3〕仪：容止仪表。三岛：即三神山。
〔4〕九霄：天的极高处。

〔5〕顺举：顺飞。摩：擦过，接近。

〔6〕逸翮（hé）：鹤能连续不断地飞很远，故称逸翮。逸，奔。

〔7〕凌励：意气昂扬、奋起直前的样子。励，通“厉”，振奋。

〔8〕凫（fú）：泛指野鸭。鹭：即鹭鸶，常活动于河湖岸边或水田、泽地。濆（fén）：沿河的高地。

别鹤

〔唐〕杜牧

分飞共所从，六翮势催风〔1〕。
声断碧云外，影孤明月中。
青田归路远〔2〕，丹桂旧巢空〔3〕。
矫翼知何处〔4〕，天涯不可穷〔5〕。

【注释】

〔1〕六翮（hé）：健羽。催：一作“摧”。

〔2〕青田：见李峤《咏鹤》注〔3〕。

〔3〕丹桂：桂树的一种。丹，一作“月”。

〔4〕矫（jiǎo）翼：强健的翅膀。

〔5〕天涯：天际。

鹤

〔唐〕杜牧

清音迎晓月〔1〕，愁思立寒蒲〔2〕。
丹顶西施颊〔3〕，霜毛四皓须〔4〕。

碧云行止躁[5]，白鹭性灵粗[6]。
终日无群伴，溪边吊影孤！

【注释】

〔1〕清音：鹤发出的清亮声音。

〔2〕寒蒲：寒冷的水边。

〔3〕西施：越国的美女。此是形容鹤的丹顶长得很漂亮，像是西施美女的红色面颊。

〔4〕“霜毛”句：喻鹤羽洁白。四皓，汉初隐士，东园公，绮里季，夏黄公，角里先生。《汉书·张良传》：“四人年皆八十余，须眉皓然，衣冠甚伟。”

〔5〕“碧云”句：鹤在高空飞翔时是不鸣叫的。

〔6〕性灵：如同说性情。

失　鹤

〔唐〕李远

秋风吹起九皋禽[1]，一片闲云万里心。
碧落有情应怅望，瑶台无路可追寻[2]。
初来白雪翎犹短[3]，欲去丹砂顶渐深。
华表柱头留语后[4]，更无消息到如今。

【注释】

〔1〕九皋：深远的水泽淤地。禽：指鹤。

〔2〕瑶台：神话中为神仙所居之地。

〔3〕白雪：指鹤羽。

〔4〕华表：古代用以表示王者纳谏或指路的木柱，也有在桥梁宫殿

城垣、墓葬前用作标志或装饰用，多为石造。

独　鹤

〔唐〕韦庄

夕阳滩上立徘徊[1]，红蓼风前雪翅开[2]。
应为不知栖宿处，几回飞去又飞来。

【注释】

〔1〕徘徊：犹豫不决。

〔2〕红蓼（liǎo）：植物名。草本，叶味辛香，花淡红色。雪翅：喻鹤翅洁白如雪。

放　鹤

〔唐〕雍陶

从今一去不须低，见说辽东好去栖[1]。
努力莫辞仙路远，白云飞处免群鸡。

【注释】

〔1〕“见说”句：陶潜《搜神后记·丁令威》：“丁令威本辽东人，学道于灵虚山，后化鹤归辽，集城门华表柱。时有少年举弓欲射之。鹤乃飞，徘徊空中而言曰：‘有鸟有鸟丁令威，去家千年今始归，城郭如故人民非，何不学仙冢垒垒。’遂高上冲天。”后常用以指重游旧地之人。

鹤

〔唐〕褚载

欲洗霜翎下涧边[1]，却嫌菱刺污香泉[2]。
沙鸥浦雁应惊讶[3]，一举扶摇直上天[4]。

【注释】

〔1〕霜翎：指鹤洁白的羽毛。

〔2〕菱刺：指菱角。

〔3〕沙鸥：一种水鸟，栖息沙洲，经常飞翔于江海之上。浦雁：水滨的雁。

〔4〕一举：一起飞。扶摇：形容盘旋而上。

鹤

〔宋〕欧阳修

樊笼毛羽日低摧[1]，野水长松眼暂开。
万里秋风天外意，日斜闲啄岸边苔。

【注释】

〔1〕樊笼：关鸟兽的笼子，比喻受束缚、不自由的境地。

云巢鹤睡诗

〔元〕叶颙

烟梢深处稳栖翎[1]，标格孤高迥出群[2]。
只恐听琴惊梦醒，踏翻松顶一巢云[3]。

【注释】

〔1〕翎：鸟羽。

〔2〕标格：风范，风度。

〔3〕巢（cháo）：鸟窠。

莫言空警露 犹冀一闻天

——咏鹤诗欣赏

鹤丹颊朱顶，龟背凤翼，素羽黝晴。长寿不可量，被人们视为吉祥长寿之鸟。其静立而孤高，引吭而洁朗，腾飞而清越，真姿潇洒，与“松”“竹”并称“三友”，倍受历代文人画家的喜爱。在我国自古就有养鹤、画鹤、咏鹤的爱好。相传鹤能识字、传诗、习舞。据《方舆胜览》载：“晋羊祜镇荆州，江陵泽中多有鹤，羊祜常取之教舞，以娱宾客，因名鹤泽，后因之遂呼江陵郡名为鹤泽。”

在众多的咏鹤诗中，有的赞美其高洁不俗、单而不群的品质，如白居易“辞乡远隔华亭水，逐我来栖缑岭云。惭愧稻粱长不饱，未曾回眼向鸡群”，有的称颂其雄飞万里的凌云壮志，如雍陶“从今一去不须低，见说辽东好去栖。努力莫辞仙路远，白云飞处免群鸡。”有的写其孤忧之情，如杜牧“清音迎晓月，愁思立寒蒲。丹顶西施颊，霜毛四皓须。碧云行止躁，白鹭性灵粗。终日无群伴，溪边吊影孤。”这些诗篇虽都是咏鹤之作，但其中诗人们又都无不咏物寓托之情。

在咏鹤诗中，一些吟咏描摹白鹤形姿神情的诗篇，笔墨精湛，那白鹤其情、其姿、其态或栩栩如在眼前，或令人神思飞动。

“舞鹤傍池边，水清毛羽鲜。立如依岸雪，飞似向池泉。江海虽言旷，无如君子前。”储光羲这首诗写池边的白鹤，形神生动，颇有气韵。池边的白鹤振羽起舞，欣然而优雅；在那清澈的池水倒影中，白鹤的毛羽显得分外洁白鲜明，楚楚玉立，犹如依岸的皎洁的白雪；它突然从天飞降而下，又如注池的山泉。“立如依岸雪，飞似向池泉。”这两句诗乃是远处遥望所见的形象，以依岸白雪形容白鹤洁白之色、静雅之姿，其想象大胆生动；而以注池的清泉形容飞降的白鹤，其形象更是夸张传神。《临海记》载：“郡西北有白鹤山，周回六十里，高三百丈，有池水悬注，遥望如倒挂白鹤，因以为名。”由此可见诗人的想象确有传神入韵之妙。结尾两处于议论中巧妙地渲染了白鹤所带给诗人的美感。江海虽广阔怡人，然而也比不上白鹤在前，令人更心旷神怡。此句出神入化，起到了画龙点睛的作用。它不仅抒发了诗人对白鹤的喜爱之情，而且从侧面进一步渲染了白鹤静如雪、飞如泉的雅浩气韵，以及它带给诗人的那种难得的陶情怡神之妙。

“樊笼毛羽日低摧，野水长松眼暂开。万里秋风天外意，日斜闲啄岸边苔。”欧阳修这首诗虽只四句二十八字，却写活了白鹤的神态。第一句描写其毛羽摧残之形，第二句描写其困眠暂开之态，第三句写其放眼天外凌云之神，第四句又写其岸边啄苔的优雅之姿。诗中描绘的笔触由形及神，由神及姿，一层层写来，从樊笼困囚到岸边闲啄，这是一层变化，从困眼暂开到瞩目天外，这又是一层变化。这里没有做平面静止的描写，每一笔都写得精彩传神，每一个景境姿态都鲜明而有特色，像是一组组特写镜头，把白鹤那外在形、姿和内在情态细腻地再现了出来。

“烟梢深处稳栖翎，标格孤高迥出群。只恐听琴惊梦醒，踏翻松顶一巢云。”叶颙这首《云巢鹤睡诗》构思新颖精巧。在云雾缭绕的树梢之中怡静入梦的白鹤，也是出与群鸟不同的孤高凌云的标格。此时此刻诗人担心一旦琴声传来，会把它惊醒，踏翻云巢展翅飞去。此诗由白鹤静静入梦到白鹤听琴腾飞，从实笔的静态描绘，到想象中动态的渲染，意境完美。其中白鹤踏翻云巢的想象神奇真切，极生动地渲染了白鹤不同凡俗的风韵神姿。

鸳　鸯

和友人鸳鸯之什[1]其一

〔唐〕崔珏

翠鬣红毛舞夕晖[2]，水禽情似此禽稀[3]。
暂分烟岛犹回首[4]，只渡寒塘亦并飞。
映雾尽迷金殿瓦[5]，逐梭齐上玉人机[6]。
采莲无限兰桡女[7]，笑指中流羡尔归。

【注释】

〔1〕什：篇什。《诗经》的《大雅》《小雅》《周颂》以十篇诗编为一卷，叫作什，后来用以泛指诗篇或文卷。

〔2〕翠鬣（liè）红毛：形容鸳鸯的羽毛。

〔3〕鸳鸯习惯于双飞并栖，雌雄偶居不离。这种习性，是一般水禽少有的。

〔4〕“暂分”两句：这两句是描写鸳鸯的多情、重情。烟岛：烟雾迷茫的小岛。回首：回头。

〔5〕金殿瓦：覆盖在金殿之上的瓦又叫鸳鸯瓦，是人们根据鸳鸯比

翼双飞的形状制作、排列的，它一俯一仰成对组合。

〔6〕“逐梭”句：这句是诗人幻想鸳鸯双双追逐着梭子，飞上了织机。

〔7〕桡（ráo）：桨。

鸳　鸯

〔唐〕皮日休

双丝绢上为新样，连理枝头是故园[1]。
翠浪万回同过影[2]，玉沙千处共栖痕[3]。
若非足恨佳人魄，即是多情年少魂。
应念孤飞争别宿，芦花萧飒雨昏昏[4]。

【注释】

〔1〕连理：异根草木，枝干连生，喻相爱的夫妻。故园：旧家园，故乡。

〔2〕翠浪：翠绿的波浪。

〔3〕玉沙：浪冲刷过的洁沙。

〔4〕芦花萧飒：芦花摇落变衰。萧飒，同“萧瑟”、凄凉。昏昏：阴暗的样子。

鸳　鸯

〔唐〕吴融

翠翘红颈覆金衣[1]，滩上双双去又归。
长短死生无两处[2]，可怜黄鹄爱分飞[3]。

【注释】

〔1〕“翠翘”句：形容鸳鸯的羽毛。

〔2〕长短：指鸳鸯。雌雄偶居不离。

〔3〕黄鹄（hú）：鸟名。《说文通训定声·孚部》：“黄鹄形似鹤，色苍黄，亦有白者，其翔极高，一名天鹅。”

鸳鸯

〔唐〕卢弼

双浮双浴傍苔矶[1]，蓼浦兰皋绣帐帏[2]。
长羡鹭鸶能洁白[3]，不随鸂鶒斗毛衣[4]。
霞侵绿渚香衾暖[5]，楼倚青云殿瓦飞。
应笑随阳沙漠雁[6]，洞庭烟暖又思归[7]。

【注释】

〔1〕傍：临近。苔矶：长满青苔的石滩。矶，水边石滩或突出的大石。

〔2〕蓼（liǎo）浦：水边的蓼。蓼，植物名，草本，叶味辛香，花淡红色或白色。兰皋（gāo）：种有兰花的水边高地。皋，沼泽，亦指近处的水边高地。

〔3〕鹭鸶：水鸟名，又名白鹭、白鸟。羽毛洁白，脚高颈长而喙强，栖息水边。

〔4〕鸂鶒（xīchì）：水鸟名，形大于鸳鸯，而色多紫，水上偶游，故又谓之紫鸳鸯。

〔5〕侵：侵蚀，这里当“照着”讲。绿渚（zhǔ）：绿洲。渚，水中小块陆地。

〔6〕随阳：即随阳鸟，谓候鸟。汉《孔安国传》：“随阳之鸟，鸿雁

之属。”

〔7〕洞庭：这里泛指南方。

鸳　鸯

〔唐〕吉师老

江岛濛濛烟霭微[1]，绿芜深处刷毛衣[2]。
渡头惊起一双去，飞上文君旧锦机[3]。

【注释】

〔1〕濛濛：迷茫的样子。烟霭（ǎi）：轻烟。霭，云气，亦指轻烟。

〔2〕绿芜：绿草。芜，丛生的草。

〔3〕文君：指卓文君。锦机：织锦的机器。

鸳　鸯

〔宋〕曹组

蘋洲花屿接江湖[1]，头白成双得自如。
春晚有时描一对，日长消尽绣工夫[2]。

【注释】

〔1〕蘋（pín）：植物名，生浅水中，叶有长柄，柄端四片小叶成田字形，也叫田字草，夏季开小白花。洲：水中陆地。屿：小岛。

〔2〕消尽：费尽。

暂分烟岛犹回首
只渡寒塘亦并飞
——鸳鸯诗欣赏

鸳鸯红毛翠鬣，巧丽艳美，其雌雄偶居不离，雍雍相鸣，肃肃其羽，素有“匹鸟”之称。“得成比目何辞死，愿作鸳鸯不羡仙”（卢照邻），自古以来我国人民就以亲昵无间的鸳鸯象征着夫妻的相亲相爱。人们还在绣衣、锦被、睡枕上绣上鸳鸯，以取其忠贞恩爱之意。在古人的咏鸳鸯诗中，也尽是赞美其忠贞不渝之情的诗篇。这些鸳鸯诗虽同是写其恩爱忠贞之情的，但其手法、风格各不相同，其艺术造诣也有高下之分。

“翠翘红颈覆金衣，滩上双双去又归。长短生死无两处，可怜黄鹄爱分飞。”吴融这首《鸳鸯》诗第一句描写鸳鸯其形色之美。“翠”“红”“金”三色相映，绚烂艳丽，色彩极为华美。第二句写其双双飞去又飞回，相依相亲的恩爱愉快。在前两句实笔描摹之后，接下一句诗人直接赞美其忠贞不离、生死相随。尾句则再以黄鹄孤独单飞来反衬鸳鸯双飞不离。此诗笔法多变，咏物贴切，但略失于板滞，有意味不足之嫌。

“江岛濛濛烟霭微，绿芜深处刷毛衣。渡头惊起一双去，飞上文君旧锦机。”吉师老这首《鸳鸯》诗与吴诗同是四言，两诗相比，吉诗则意境浑然优美，确胜于吴诗。此诗立意也在于描写鸳鸯相亲相爱形影不离的痴情，但诗中没有直接的赞美之词，也较少描绘其形姿容彩。在那水气濛濛、烟雾弥迷的江岛，透过一片绿草丛生的江畔，隐隐地显出一对对鸳鸯。它们双双亲昵无间，无忧无虑，嬉戏洗浴着华丽的羽翼。突然远处的渡头惊起一对鸳鸯，它们这是飞向何处？啊！它们大概已飞入了卓文君的织机旧锦之中去了吧！从怡静无虑的浴羽，到突然惊飞，从画面上看这是由下而上，从气氛上看这是由怡静而惊动。由惊起远去，到飞入文君锦机，从画面上这是由近及远，从意境上则是由实入虚。由此可见，此诗构思平之见奇，一波三折，而情思跌宕起伏、富于变化。其中后两句由虚入实，构思极为巧妙，那“飞上文君旧锦机”的想象，虚中见其“情”，含蓄深挚。

“翠鬣红毛舞夕晖，水禽情似此禽稀。暂分烟岛犹回首，只渡寒塘亦并飞。映雾尽迷金殿瓦，逐梭齐上玉人机。采莲无限兰桡女，笑指中流羡尔归。”崔珏《和友人鸳鸯之什》构思精巧，意境优美，堪称是一首绝妙的鸳鸯诗。诗的开头一句先给人一个鲜明美丽的形象。羽毛缤纷艳美的鸳鸯在夕辉的映照下，翩翩飞舞，那色彩是多么璀璨夺目。只此一笔，那鲜明美丽的形姿就会栩栩浮现于你眼前。接下一句点明鸳鸯其深挚相爱之情乃是其他禽鸟所不能比拟的，此句明说正是为了引出以下六句，多侧面地描摹渲染：在那烟雾缭绕的江岛上，虽只是偶然的稍稍前后分离，也要频频回顾；在那枯寒狭窄的池塘上，虽无一点危险，可也要接翼并飞，须臾不肯相离；它们围绕着霞雾映衬的珠殿鸳鸯瓦，竟为之动情，久久迷恋不肯离去。它们双双追逐，仿佛要随着那织梭飞入织机绣锦之中，以求永远相亲不离。以上四句围绕一个“情”，层层描写、反复渲染，一层深似一层。前两句从正面描绘其相亲相爱，须臾不可分离的情态，描画得细腻入微、神情毕肖。后两句虚中取意，立意巧妙，以想象和夸张的手法渲染鸳鸯的痴情，更显得情趣盎然，诗意深厚。

此诗结尾句，诗人把笔触从鸳鸯身上转向采莲的少女们，更是别开生面。诗中描写采莲少女们打桨归来，她们指点着那波光水影之上的对对鸳鸯，笑着相互戏谑着，流露出一片羡慕之情，同时也勾起她们美好的向往。这忽然宕开的一笔，表面上虽不是写鸳鸯，但实际上正是透过少女们对鸳鸯的羡慕，进一步地烘托鸳鸯之情。如此笔墨使得诗意更加深致含蓄，而情趣横生。此诗从天上的鸳鸯到地上的少女，从近处的实景，到远处的虚境，景境阔大，画面生动，诗意淳厚，真不愧一首咏鸳鸯的佳作。诗人崔珏，也正因此诗而被誉为“崔鸳鸯”。

鹦　鹉

咏壁上鹦鹉

〔唐〕李白

落羽辞金殿，孤鸣咤绣衣[1]。
能言终见弃[2]，还向陇山飞[3]。

【注释】

〔1〕绣衣：指鹦鹉艳丽的羽毛。

〔2〕见：被。弃：弃置不用。咤：一作“托”。

〔3〕陇山：六盘山南段别称，延伸于陕西、甘肃边境。陇山往西，旧为鹦鹉产地。这句的意思是：还是飞回陇西自己的老家吧。

鹦　鹉

〔唐〕杜甫

鹦鹉含愁思，聪明忆别离。

翠衿浑短尽[1]，红嘴漫多知[2]。
未有开笼日，空残旧宿枝。
世人怜复损，何用羽毛奇。

【注释】

〔1〕翠衿：指鹦鹉前幅翠绿色的羽毛。衿，同“襟”。

〔2〕漫：任由。

和乐天鹦鹉

〔唐〕刘禹锡

养来鹦鹉嘴初红[1]，宜在朱楼绣户中[2]。
频学唤人缘性慧[3]，偏能识主为情通[4]。
敛毛睡足难销日[5]，亸翅愁时愿见风[6]。
谁遣聪明好颜色，事须安置入深笼。

【注释】

〔1〕“养来”句：鹦鹉小的时候嘴不红，嘴初红，是说它渐渐长大，会学人说话了。

〔2〕宜：适合。朱楼绣户：指古代王侯贵族的住宅。

〔3〕频：屡次，连续多次。缘：因为。慧：智慧，聪明。

〔4〕情通：心通人情。

〔5〕敛（liǎn）毛：收缩羽毛。销日：消磨时间。销，通“消”。

〔6〕亸（duǒ）翅：翘膀下垂。亸，下垂的样子。

鹦 鹉

〔唐〕白居易

陇西鹦鹉到江东[1]，养得经年嘴渐红[2]。
常恐思归先剪翅，每因喂食暂开笼。
人怜巧语情虽重[3]，鸟忆高飞意不同[4]。
应似朱门歌舞妓[5]，深藏牢闭后房中。

【注释】

〔1〕陇西：在今甘肃省东部。陇西出鹦鹉。

〔2〕“养得”句：见刘禹锡《和乐天鹦鹉》注〔1〕。

〔3〕人怜巧语：是说喂养鹦鹉的人喜欢它的伶巧的语言。怜，爱惜。

〔4〕鸟：指鹦鹉。忆：思念。

〔5〕朱门：古代王侯贵族的住宅大门漆成红色以示尊贵，故以“朱门”为贵族邸第的代称。

鹦 鹉

〔唐〕白居易

竟日语还默[1]，中宵栖复惊[2]。
身因缘彩翠[3]，心苦为分明。
暮起归巢思[4]，春多忆侣声。
谁能拆笼破[5]，从放快飞鸣！

【注释】

〔1〕竟日：成天，整天。

〔2〕中宵：半夜。宵，夜。

〔3〕缘：因为。

〔4〕“暮起”两句：意思是鹦鹉晚间常涌上回到旧巢的思潮，春天常发出怀念同伴的声音。

〔5〕拆：分裂，裂开。这里意为拆破。

和鹦鹉诗

〔唐〕徐凝

毛羽曾经剪处残，学语人言道暄寒〔1〕。
任饶长被金笼阖〔2〕，也免栖飞雨雪难。

【注释】

〔1〕暄寒：问候起居寒暖的客套话。

〔2〕任饶：任凭，尽管。阖（hé）：关闭。

鹦　鹉

〔唐〕来鹄

色白还应及雪衣，嘴红毛绿语仍奇。
年年锁在金笼里，何似陇山闲处飞。

鹦　鹉

〔唐〕裴夷直

劝尔莫移禽鸟性[1]，翠毛红嘴任天真[2]。
如今漫学人言巧[3]，解语终须累尔身[4]。

【注释】

〔1〕尔：你。这里指鹦鹉。禽鸟：鸟。禽，鸟类的通称。

〔2〕翠毛：翠绿的羽毛。任：任凭。

〔3〕漫：随意，不受拘束。人言：人的言语。

〔4〕解：懂得。累：连累，遭受。

鹦　鹉

〔唐〕罗隐

莫恨雕笼翠羽残[1]，江南地暖陇西寒。
劝君不用分明语[2]，语得分明出转难。

【注释】

〔1〕“莫恨”句：这句的意思是作者安慰鹦鹉：不要恨你已被人剪了翅膀，关进雕花的笼子里。

〔2〕君：指鹦鹉。分明语：过于明白的话语。

鹦 鹉

〔唐〕秦韬玉

每闻别雁竞悲鸣〔1〕，却向金笼寄此生〔2〕。
早是翠襟争爱惜〔3〕，可堪丹嘴强分明〔4〕。
云漫陇树魂应断〔5〕，歌按秦楼梦不成〔6〕。
幸自祢衡人未识〔7〕，嫌他作赋被时轻。

【注释】

〔1〕每闻：每每听见。竞：争逐。

〔2〕却：转折词。金笼：贵重的笼子。向：一作“叹”。

〔3〕翠襟：指鹦鹉前幅翠绿色的羽毛。襟，古代指衣的交领，后指衣服的前幅。

〔4〕可堪：那堪，怎堪。丹嘴：红嘴。强：勉强。

〔5〕漫：弥漫。陇树：陇西的树。

〔6〕秦楼：古时歌伎所居处。

〔7〕“幸自”两句：幸，幸亏。祢（nǐ）衡（173–198年），汉末文学家，字正平，平原（今山东临邑东北）人。少有才辩，长于笔札。性刚傲物。曹操欲见之，祢衡自称狂病，不肯往。操乃召为鼓吏，大会宾客，欲当众辱衡，反为衡所辱，操怒，遣送荆州刘表。复不合，转送江夏太守黄祖，终被杀。作有《鹦鹉赋》，借物抒怀，辞气慷慨，表现出才智之士生于乱世的不幸遭遇。被时，被害之时。

见鹦鹉戏作四句

〔宋〕王安石

云木何时两翅翻〔1〕，玉笼金锁只烦冤〔2〕。
直须强学人间语〔3〕，举世无人解鸟言。

【注释】

〔1〕云木：高耸入云的树木。

〔2〕“玉笼”句：这白玉笼、黄金锁，只令我烦躁愤懑。烦冤：烦躁愤懑。《楚辞·七谏·谬谏》：“心悇憛而烦冤兮。”悇憛，忧愁的样子。玉笼金锁，比喻宫廷中锦衣美食但无所作为的生活。

〔3〕“直须”两句：意思是只好勉强学学人类的话吧，世间没有人懂得飞鸟的语言啊！直须，但须。

人言巧语情虽重 鸟忆高飞意不同

——鹦鹉诗欣赏

“翠毛红嘴任天真”，鹦鹉彩羽奇姿，慧性殊智，能学人言，故为人们所喜爱。三国名士祢衡有赋，写尽鹦鹉之美：“惟西域之灵鸟兮，挺自然之奇姿。体金精之妙质兮，合火德之明辉。性辩慧而能言兮，才聪明而识机。故其嬉游高峻，栖跱幽深。飞不妄集，翔必择林。绀趾丹嘴，绿衣翠衿。采采丽容，咬咬好音。虽同族于羽毛，因殊智而异心。配鸾皇而等美，焉比德于众禽？”祢衡的《鹦鹉赋》描写了鹦鹉的妙质、奇姿、慧性、嬉游、栖落、飞翔、丽容、好音各个方面，把鹦鹉看作不同于众禽，而与鸾皇（鸾，传统中凤凰一类）一般美丽的慧鸟。这篇为后人推崇的名赋，虽是作者托物抒怀之作，然而作者描写的鹦鹉的形象却是十分惹人喜爱的。

在古时，还有不少赞美鹦鹉的传说故事。如《宣验记》记载有这样一则故事。有一只美丽的鹦鹉飞落某一山林，山林中的鸟禽们对它十分友好，它们过着相亲相爱的生活。后来鹦鹉飞离此山栖居他处。一日，它望见此山着起大火，十分焦急，赶忙从远处飞来，入溪水浸湿羽毛，飞洒林火。天神见此情景，便问鹦鹉：“你虽有志，可是这又怎能救得了它们？”鹦鹉回答说：“我虽知不能救活它们，可是我曾在此山侨居过。山里的兽禽都是相亲相善的兄弟姐妹，我不忍心见它们遭此横祸。”天神听了鹦鹉的话，深受感动，即唤雨浇灭山火。这是一则富有神话色彩的故事，但足以见人们对鹦鹉的喜爱。

如此慧鸟，但见著于诗篇的，却很少褒奖赞美之词，也无神采美丽之语，而多是一种伤感怨愤之句。鹦鹉也多是被金笼羁困、彈翅多愁的形象，如“鹦鹉含愁思，聪明忆别离”，“未有开笼日，空残旧宿枝”“每闻别雁竟悲鸣，却向金笼寄此生”。在众多的鹦鹉诗中所表现出的这种忧伤怨愤的感情色彩，一方面是被咏的鹦鹉多已是皇亲国戚、达官贵人的笼中之物。它们虽享锦衣美食，居朱楼绣户，但终归是雕笼羽残，被囚身苦。另一方面是因咏鹦鹉的诗人，他们多是愤世耻俗的高洁之士，有的不愿居官受禄，思归田园，有的不甘心忍受思想禁锢，欲得言论自由而不能，更有的是怀才遭妒。因此他们多是从鹦鹉境遇联想到自己的遭遇和愁苦，借咏鹦鹉抒发感慨。如李白的“能言终见弃，还向陇山飞”，杜甫的“世人怜复损，何用羽毛奇”，刘禹锡的“谁遣聪明好颜色，事须安置入深笼”，都是明写鹦鹉，暗以寄托，于咏物之中抒发愤懑之情。

“年年锁在金笼里，何似陇山闲处飞”，谁不愿过着自由自在的生活，那金笼中锦衣美食的享受，毕竟比不得纵情的飞翔。“人怜巧语情虽重，鸟忆高飞意不同”，有“金笼”之囚，就有冲决的渴望与反抗。“暮起归巢思，春多忆侣声。谁能拆笼破，从放快飞鸣”，白居易的诗句发出一种冲破牢笼，渴望自由的呼声，这是难能可贵的奋袂之作。此诗与徐凝的“任饶长被金笼阖，也免栖飞雨雪难”的诗句相比，其格调有天壤之别。徐诗所表现的不过是一种苟且偷安、不思进取的思想，是应嗤之以鼻的。

在鹦鹉诗中，我们还可以看到一些借咏鹦鹉而发生的“慎言”，如“如今漫学人言巧，解语终须累尔身”（唐·裴夷直），“劝君不用分明语，语得分明出转难”（唐·罗隐）。的确，在是非混淆、政治腐败的封建社会，“解语”和“分明语”都可能招致祸端。

“云木何时两翅翻，玉笼金锁只烦冤。直须强学人间语，举世无人解鸟言。”在咏鹦鹉诗中，王安石这首诗感情炽烈、思想深刻，诗意曲致而耐人寻味。在这首诗中，诗人没有停留在一般的幽怨感叹中，诗句也较少有伤感色彩。尽管诗人借咏鹦鹉发泄了自己宏大的抱负无从施展的烦闷和怨愤，但在烦闷中仍流露出一种强烈的凌云展翅的自强不息的期待。后两句含意很深，直须鹦鹉强学人间语，而举世又无人解鸟言。从诗的表面字句上看，诗人把人与鹦鹉放在同等地位，对鹦鹉充满了无限的同情。但其寓意远远不在于此。王安石作为锐意改革之士，一方面他的改革既然要违背常规旧俗，他的诗句也就不能不直刺。另一方面，他的改革时策不被世俗理解，这也是他所面临的现实。因此借咏鹦鹉以发感慨，也不失为一种手段。

喜　鹊

和恭听晓笼中山鹊[1]

〔唐〕吕温

掩抑冲天意[2]，凄怆触笼音[3]。
惊晓一闻处，伤春千里心。

【注释】

〔1〕鹊：鸟名。尾长如其身，背黑，有紫绿色光泽。腹及翼下之羽皆白色，嘴脚皆黑。常成群营巢于乔木和家屋近旁树上，鸣声喳喳，俗以为吉祥之兆，谓之喜鹊。性恶湿，又名乾鹊。

〔2〕掩抑：指关闭抑制之苦。冲，一作“中”。

〔3〕凄怆：悲感。

山　鹊

〔唐〕司空图

多惊本为好毛衣[1]，只赖人怜始却归[2]。
众鸟自知颜色减，妒他偏向眼前飞[3]。

【注释】

〔1〕好毛衣：漂亮的羽毛。

〔2〕赖：依赖。怜：宠爱。

〔3〕妒（dù）：嫉妒。

喜山鹊初归（其一）

〔唐〕司空图

翠衿红嘴便知机[1]，久避重罗稳处飞[2]。
只为从来偏护惜，窗前今贺主人归。

【注释】

〔1〕翠衿：翡翠似的羽毛。衿，古代衣服的交领。

〔2〕重罗：重重罗网。

鹊

〔唐〕韩溉

才见离巢羽翼开，尽能轻飏出尘埃[1]。
人间树好纷纷占，天上桥成草草回[2]。
几度送风临玉户[3]，一时传喜到妆台[4]。
若教颜色如霜雪，应与清平作瑞来[5]。

【注释】

〔1〕飏：飞扬。

〔2〕天上桥成：指鹊桥。神话，每年七月初七，牛郎织女相会，群鹊衔接为桥以渡银河。韩鄂《岁华纪丽·七夕》："鹊桥已成，织女将渡。"注："《风俗通》云，织女七夕当渡河，使鹊为桥。"草草，匆促。

〔3〕玉户：以玉装饰的门户。

〔4〕妆台：即"梳妆台"，修饰容貌的镜台。

〔5〕清平：太平。瑞：祥瑞。古人附会自然界出现的某种现象为吉祥之兆。

鹊踏枝·叵耐灵鹊[1]

〔唐〕无名氏

叵耐灵鹊多谩语[2]，送喜何曾有凭据？
几度飞来活捉取，锁上金笼休共语。

比拟好心来送喜[3]，谁知锁我在金笼里！
欲他征夫早归来，腾身却放我向青云里！

【注释】

〔1〕此是清光绪年间在敦煌莫高窟发现的曲子词，创作时代约在唐玄宗开元（713–741年）年间。

〔2〕叵（pǒ）耐：不可忍耐，受不了，引申为可恶、可恨。叵，是“不可”的切音。灵鹊：即喜鹊。《开元天宝遗事·灵鹊报喜》：“时人之家，闻鹊声，以为喜兆，故谓灵鹊报喜。”谩（mán）语：说谎。谩，欺骗。

〔3〕比拟：和“本拟”音义相近，“本来准备”之意。

野　鹊

〔宋〕欧阳修

鲜鲜毛羽耀朝辉，红粉墙头绿树枝。
日暖风轻言语软[1]，应将喜报主人知[2]。

【注释】

〔1〕言语软：鹊鸣声很轻，很柔和，故谓“言语软”。

〔2〕“应将”句：古人附会鹊能报喜。

闻喜鹊

〔宋〕李觏

翩翩者鹊何品流〔1〕，羽毛黑白林之幽。
生平智力可料度〔2〕，有巢往往输鸣鸠〔3〕。
天然却会报人喜，愚儿幼妇唯尔求〔4〕。
万声千噪几曾验〔5〕？闻者终是轩眉头。

【注释】

〔1〕翩翩：形容喜鹊的动作轻疾。品流：等级辈分。

〔2〕料度：预见。

〔3〕鸣鸠：即“斑鸠”。

〔4〕尔：你，指喜鹊。

〔5〕“万声”两句：意思是喜鹊千万次的报喜有几次是灵验的？但是人们每次听到喜鹊的鸣叫总是高兴的。轩眉，犹扬眉，形容得意。

赠　鹊

〔宋〕陆游

为梁星渚自何年〔1〕，毛羽摧伤不怨天。
知我斋余尝施食〔2〕，翩然飞下北窗前〔3〕。

【注释】

〔1〕为梁星渚：梁，桥梁，指七夕鹊桥会的鹊桥。星渚，谓银河中

的小块陆地。银河，亦称星河。渚，水中小洲。

〔2〕“知我”句：知道我斋里曾经给过它（鹊）吃的。余，我。尝，曾经。

〔3〕翩然：此指鹊飞轻疾的样子。

日暖风轻言语软
应将喜报主人知
——咏喜鹊诗词欣赏

喜鹊喳喳报喜，喃喃软语，被人们视为吉祥之鸟。《开元天宝遗事》载："时人之家，闻鹊声皆以为喜兆，故谓灵鹊报喜。"灵鹊报喜之说，很早就在我国民间流传了。相传在每年七月七，喜鹊相连成桥，使织女与牛郎得以渡河相会。喜鹊在人们的心目中已成为喜庆吉祥的象征，因此，人们十分喜爱喜鹊。历代诗人也写下不少咏鹊诗篇。

在许多咏鹊诗中都叙写喜鹊与人们的亲昵关系。陆游的"知我斋余尝施食，翩然飞下北窗前"，司空图的"只为从来偏护惜，窗前今贺主人归"等诗句，描叙喜鹊与诗人们的亲密无间，他们竟仿佛成了熟识的朋友。

欧阳修的《野鹊》诗比这些直露的诗句则显得含蓄而有意蕴："鲜鲜毛羽耀朝辉，红粉墙头绿树枝。日暖风轻言语软，应将喜报主人知。"在红粉墙头外绿树枝上，在朝阳霞光的映照中，那喜鹊油亮的羽毛愈发显得鲜艳夺目了。在这日暖风轻的美景之中，传来喜鹊"喳喳"软语，它似乎是向主人报告着什么令人兴奋的喜讯。诗中喜鹊的形象是十分可爱的。它那鲜亮的羽毛和呢喃的软语，以及映衬它的霞光朝辉和红墙绿树，明媚的景境、漂亮的喜鹊、亲昵的喳语，这一切给人一种美好欢欣的感受，这又怎能不令诗人欣喜呢！此时此刻，主人似乎已抬起头在倾听，期待着老朋友给他带来的喜讯。这首诗没有直接描写人与喜鹊的亲密关系，也没有描摹喜鹊带给诗人的喜悦，以及诗人对喜鹊的爱赏之情，然而这一切都浸透在诗的字里行间。

“叵耐灵鹊多谩语，送喜何曾有凭据？几度飞来活捉取，锁上金笼休共语。比拟好心来送喜，谁知锁我在金笼里！欲他征夫早归来，腾身却放我向青云里！”这首《鹊踏枝》曲子词立意新颖，构思巧妙，是一首借咏鹊抒情的佳作。

这首词的上片和下片分别写少妇与灵鹊各自的内心独白。上片着重渲染少妇对灵鹊的怨恨。怨恨灵鹊说谎喳喳“送喜”没有几次应验，从埋怨责斥到锁进笼中，巧妙地把灵鹊“人格化”了。词的下半片是以喜鹊的口吻回答少妇的斥责，这是灵鹊的内心独白，灵鹊仿佛真的具有人的灵感和情性。这一拟人化的手法自然逼真，从少妇责怒、捉“锁”，到灵鹊的辩解求“放”，从少妇盼夫的急切、失望、怨懑的心情，到灵鹊感到委屈、对少妇盼夫的理解和同情，少妇与喜鹊似乎有着人感情的交流。这拟人手法的成功运用，不仅塑造出生动、善良的灵鹊形象，也极巧妙含蓄地写出了少妇对征夫深切的思念之情。

这首词是从敦煌石窟中发现的，它的作者已经无从查考了。但从这首词所显现出的清新、活泼、口语化的特点，可以得知它是我国早期极有代表性的一首珍贵的民间曲子词。

杜 鹃

子 规[1]

〔唐〕杜甫

峡里云安县[2]，江楼翼瓦齐[3]。
两边山木合，终日子规啼。
眇眇春风见[4]，萧萧夜色凄[5]。
客愁那听此[6]，故作傍人低[7]。

【注释】

〔1〕子规：鸟名，即杜鹃，一称杜宇。据《太平御览·蜀王本纪》载："杜宇……乃自立为蜀王，号曰望帝。"后来失国身亡，化为子规。

〔2〕云安：县名，故城在今四川云阳县东北，处长江峡中。

〔3〕翼瓦：建造的江楼檐宇，如鸟之张翼。

〔4〕眇眇：微小，这里指子规。

〔5〕萧萧：摇动的样子，这里指山木。凄：一作"栖"。

〔6〕客：指作者自己。

〔7〕傍（bàng）：接近。低：低声，指子规低啼。

子　规

〔唐〕韦应物

高林滴露夏夜清，南山子规啼一声。
邻家孀妇抱儿泣[1]，我独展转何为情[2]。

【注释】

〔1〕孀（shuāng）妇：寡妇。

〔2〕展转：犹辗转。何为情：一作“何时明”。

夜闻子规

〔唐〕王建

子规啼不歇，到晓口应穿[1]。
况是不眠夜[2]，声声在耳边。

【注释】

〔1〕晓：拂晓，天快亮的时候。

〔2〕况：何况，况且。

子　规

〔唐〕贾岛

游魂自相叫[1]，宁复记前身[2]。
飞过邻家月，声连野路春。
梦边摧晓急，愁处送风频[3]。
自有霑花血[4]，相和雨滴新。

【注释】

〔1〕游魂：游荡的鬼魂，这里指子规。
〔2〕前身：子规的前身相传是蜀王杜宇。
〔3〕“愁处”句：形容子规在人愁之时飞来飞去。频，屡次，频繁。
〔4〕霑：同“沾”字，浸染。

杜　鹃

〔唐〕杜牧

杜宇竟何冤[1]，年年叫蜀门[2]？
至今衔积恨，终古吊残魂[3]。
芳草迷肠结[4]，红花染血痕。
山川尽春色，呜咽复谁论[5]？

【注释】

〔1〕杜宇：即杜鹃鸟。

〔2〕〔3〕蜀门、吊残魂：指杜宇失国身亡。参见杜甫《子规》注〔1〕及贾岛《子规》注〔1〕。

〔4〕肠结：好像把肠子缩结或编织起来一般，形容香草的茂盛、散乱像肠结一般迷离、分辨不清。肠，一作“觞”。

〔5〕呜咽：悲泣声，这里指杜鹃鸣叫声。

子　规

〔唐〕来鹄

雨恨花愁同此冤，啼时闻处正春繁。
千声万血谁哀尔〔1〕，争得如花笑不言。

【注释】

〔1〕尔：你。

秋闻子规

〔唐〕吴融

年年春恨化冤魂，血染枝红厌叠繁〔1〕。
正是西风花落尽，不知何处认啼痕。

【注释】

〔1〕“血染”句：指杜鹃花。厌，满意、满足。

子 规

〔唐〕吴融

举国繁华委逝川[1]，羽毛飘荡一年年。
他山叫处花成血[2]，旧苑春来草似烟。
雨暗不离浓绿树，月斜长吊欲明天[3]。
湘江日暮声凄切[4]，愁杀行人归去船[5]。

【注释】

〔1〕“举国”两句：这两句的意思是杜鹃鸟离去繁华的国土，年复一年地四处飘荡。举国，全国。

〔2〕“他山”句：杜鹃鸟哀啼声切，加上嘴呈现红色，旧时又有杜鹃泣血的传闻。这句是形容山上的红花是杜鹃口里的鲜血染成。他山，当指异乡。

〔3〕长吊：长鸣。

〔4〕湘江：即湖南湘江。凄切：凄凉悲哀。

〔5〕愁杀：忧愁之极。

闻子规

〔唐〕杜荀鹤

楚天空阔月成轮[1]，蜀魄声声似告人[2]。
啼得血流无用处，不如缄口过残春[3]。

【注释】

〔1〕楚天：楚地的天空，因楚在南方，也泛指南方天空。

〔2〕蜀魄：传说战国时蜀王杜宇亡国后死，魂魄化为子规。后人因以蜀魄为杜鹃鸟的别称。

〔3〕缄（jiān）口：闭口不言。残春：暮春，晚春。

闻杜鹃二首（其一）

〔唐〕雍陶

碧竿微露月玲珑[1]，谢豹伤心独叫风[2]。
高处已应闻滴血，山榴一夜几枝红[3]。

【注释】

〔1〕碧竿：指碧绿的树。玲珑：明澈貌。

〔2〕谢豹：鸟名，即子规。

〔3〕山榴：即山石榴。

子　规

〔唐〕陈陶

春山杜鹃来几日，夜啼南家复北家。
野人听此坐惆怅[1]，恐畏踏落东园花[2]

【注释】

〔1〕野人：庶民，没有爵禄的平民，这里是作者自指。惆怅：因失意而伤感、懊恼。

〔2〕恐畏：恐怕，表示担心。

子　规

〔唐〕李中

暮春滴血一声声[1]，花落年年不忍听。
带月莫啼江畔树，酒醒游子在离亭[2]。

【注释】

〔1〕暮春：晚春。

〔2〕离亭：路旁驿亭，地远者称离亭，近者称都亭。游子：离家远游的人，这里是作者自指。

子　规

〔宋〕范仲淹

夜入翠烟啼[1]，昼寻芳树飞[2]。
春山无限好，犹道不如归。

【注释】

〔1〕翠烟：如烟一般浓绿的树木。

〔2〕昼：白天。

崇寿客舍夜闻子规

〔宋〕朱熹

空山初夜子规鸣，静对琴书百虑清。
唤得形神两超越，不知底是断肠声[1]。

【注释】

〔1〕底：什么。

出永丰县西石桥上闻子规

〔宋〕杨万里

花愁月恨只长啼，雨夕风晨不住飞[1]。
自出锦江归未得[2]，至今犹劝别人归。

【注释】

〔1〕“雨夕”句：形容子规不辞辛苦地飞。

〔2〕锦江：水名，在四川成都南，这里泛指蜀地。

《南吕·骂玉郎过感皇恩采茶歌》闺中闻杜鹃

〔元〕曾瑞

无情杜宇闲淘气，头直上耳根底[1]，声声聒得人心碎[2]。你怎知、我就里[3]，愁无际。

帘幕低垂，重门深闭。曲栏边，雕檐外，画楼西，把春酲唤起[4]，将晓梦惊回[5]。无明夜[6]，闲聒噪[7]，厮禁持[8]。

我几曾离、这绣罗帏？没来由劝我道“不如归”！狂客江南正着迷[9]，这声儿好去对俺那人啼！

【注释】

〔1〕头直上：头顶上。

〔2〕聒（guō）：声音嘈杂。

〔3〕就里：其中。

〔4〕酲（chéng）：喝醉了，神志不清。

〔5〕“将晓”句：即唐代金昌绪《春怨》“打起黄莺儿，莫叫枝上啼。啼时惊妾梦，不得到辽西”诗意。

〔6〕无明夜：不管白天黑夜。

〔7〕闲聒噪：犹“叽叽喳喳乱吵”。

〔8〕厮（sī）：相。禁持：纠缠。

〔9〕狂客：瞿本《太平乐府》狂客作征客，指旅居在外的丈夫。

他山叫处花成血
旧苑春来草似烟
——咏杜鹃诗词欣赏

杜鹃又称为子规、杜宇。相传古蜀国国王，名杜宇，号望帝，后来失国身死，魂魄化为杜鹃，悲啼不已。历代诗人写下不少杜鹃诗，在这些诗篇中，有的借咏杜鹃寄托感兴，如杜荀鹤《闻子规》诗："楚天空阔月成轮，蜀魄声声似告人。啼得血流无用处，不如缄口过残春。"有的借咏杜鹃而抒思乡之情，如李中《子规》："暮春滴血一声声，花落年年不忍听。带月莫啼江畔树，酒醒游子在离亭。"杜鹃诗所表现的内容是极其丰富的，其在艺术风格和手法上也是极富于变化的。

同是写子规悲鸣，其立意手法却大不相同。

"高林滴露夏夜清，南山子规啼一声。邻家孀妇抱儿泣，我独展转何为情。"韦应物这首诗第一句先写景境，然后由子规夜啼，写到孀妇抱儿哭泣。由杜鹃啼声到孀妇泣声，悲凄之情表现得明显而强烈。结尾以疑问句抒发诗人忧思宛转之情，则含蓄而深沉。从明露到含蓄，在强烈的渲染中隐含着深沉、跌宕，耐人寻味。"高林滴露"恰似孀妇抱儿泣泪，夏夜清静，更显其啼声之悲。景致与神情，表面似无联系，细品之，则交融密切。

"碧竿微露月玲珑，谢豹伤心独叫风。高处已应闻滴血，山榴一夜几枝红。"雍陶这首诗也是写子规悲啼的。前两句与韦诗前两句相似，第一句描写景致，第二句写杜鹃悲鸣。前两句看似平淡，然而一经托出，第三句便顿觉生色“独叫风”句给人的是听觉的感受，“闻滴血”句乃转到视觉感受，由听觉转而视觉，正是为了突出加重渲染杜鹃悲啼流血的色彩。因杜鹃啼哀而声切，加上杜鹃鸟嘴呈红色，故有杜鹃悲啼泣血的传说。从“高处已应闻滴血”的“已应”二字，可以得知，此句乃是想象中之语。如此伤心独叫，悲鸣不已，想必高枝上的杜鹃已是滴血染花了。是否真是此，“山榴一夜几枝红”，啊，果然一夜间杜鹃枝头绽出几朵“滴血”的红花。由听觉之感转而到想象中的视觉之感，由想象的视觉之感转而到实景的视觉真感。既细腻而又有层次，这两番转变，含蓄平淡而不做作。这描写手法的变化，正体现出诗人内在情感的深化。此诗较之韦诗写得更为含蓄而富于感染。

“年年春恨化冤魂，血染枝红厌叠繁。正是西风花落尽，不知何处认啼痕。”吴融这首《秋闻子规》也是写杜鹃悲啼的。此诗前两句写杜鹃春啼血染花红。如此描写颇有些类似雍诗，然而诗人所写的这前两句正是为后两句作铺垫。西风已将花吹尽，此时已无处再寻那杜鹃啼血的痕迹。由春啼枝红，进而到秋啼无痕，此句并非说杜鹃泣血无痕，而是隐含杜鹃啼绝之义。从春到秋，久啼不止，怎不悲之欲绝。此诗隐含立意，比之“子规啼不绝，到晓口应穿”的立意，更为深沉了。

“春山杜鹃来几日，夜啼南家复北家。野人听此坐惆怅，恐畏踏落东园花。”陈陶《子规》诗也是写杜鹃夜啼。此诗语虽平淡，其情感却极为深致。前两句描摹杜鹃夜啼，后两句写诗人自己情感变化、内心活动。诗人没有用浓墨直接去描摹杜鹃嘶叫之悲，而是通过诗人内心的感受间接地渲染其鸣之悲切。其中最后一笔尤为精妙。“恐畏踏落东园花”一句，是写诗人担心自己一旦起身走动，会踏落东园树上的花朵。因为枝上的花朵已因杜鹃的悲啼而伤悲欲坠了，只要稍微触动便会如泪纷纷洒落。以落花悲伤来衬托杜鹃悲啼的描写很多，如李中“暮春滴血一声声，花落年年不忍听”；余靖《子规》：“一叫一看残，声声万古冤。疏烟明月树，微雨落花村。”如此描写也是真挚感人，然而陈陶这首诗却写得极为含蓄，偏不直叙此意，而是通过诗人自己内心的感受和对心理情态的描写，曲折地透露这一层“悲啼催花落”的意思，通过自己的内在感受，隐含枝花动情，实际上是诗人把自己无限惆怅之情，移情于枝花身上。如此渲染，诗味含蓄而浓郁，其中取喻夸张也贴切动人，读之给人以情思绵绵不绝之感。

孔 雀

和 诗

〔唐〕白居易

索莫少颜色[1]，池边无主禽。
难收带泥翅，易结著人心。
项翠落残碧[2]，尾花销暗金[3]。
放归飞不得，云海故巢深。

【注释】

〔1〕索莫：无生气的样子。

〔2〕“项翠”句：孔雀脖子处翠绿色的羽毛脱落了。

〔3〕“尾花”句：尾屏上的金翠光泽也消失了。销，通“消”，消灭。

孔　雀

〔唐〕薛能

偶有功名正俗才[1]，灵禽何事降瑶台[2]。
天仙黼黻毛应是[3]，宫后屏帏尾忽开[4]。
曾处嶂中真雾隐[5]，每过庭下似春来。
佳人为我和衫拍，遣作傞傞送一杯[6]。

【注释】

〔1〕俗才：平庸之才。

〔2〕灵禽：指孔雀。瑶台：古人想象中的神仙居地。

〔3〕黼黻（fǔ fú）：古代礼服上绘绣的花纹。此处以天仙彩衣喻孔雀的华羽。

〔4〕屏帏：即屏风，用以遮蔽宫舍的隔离物。这里用以形容孔雀开屏的形状。

〔5〕嶂（zhàng）中：似屏障的山峰中。

〔6〕遣：使，令。傞傞（cuō）：醉舞不止的样子。

孔　雀

〔唐〕李郢

越鸟青春好颜色[1]，晴轩入户看展衣[2]。
一身金翠画不得，万里山川来者稀。
丝竹惯听时独舞[3]，楼台初上欲孤飞。

刺桐花谢芳草歇[4]，南国同巢应望归[5]。

【注释】

〔1〕越鸟：孔雀的别名，以产于南方而名。《本草释名》：“孔雀一名越鸟。”

〔2〕轩：堂之前沿，外周以栏，亦谓长廊或小室。

〔3〕丝竹：弦乐器和竹管乐器，此泛指音乐。

〔4〕刺桐：一名“海桐”“山芙蓉”，落叶乔木。福建晋江市，唐时环城都种植刺桐，故称刺桐城。朱庆馀《南岭路》：“经冬来往不踏雪，尽在刺桐花下行。”

〔5〕南国：泛指南方。

赋孔雀送魏殊

〔宋〕梅尧臣

置从南海桄榔林[1]，笼入西州鹦鹉地[2]。
耸观翕翼修尾张[3]，鳞鳞团花金缕翠。
一身烂漫文章多[4]，引声笙竽奈老何[5]。
五侯池馆不可恋，桂树深枝自有窠。

【注释】

〔1〕南海：泛指我国南方。桄榔：木名，常绿树，果实名桄榔子。花序的汁可制糖，茎髓可制淀粉。

〔2〕西州：汉晋时称凉州为西州，以在中原之西得名。凉州，辖境相当今甘肃、宁夏和青海湟水流域，内蒙古纳林河、穆林河流域。

〔3〕翕（xī）翼：合着翅膀。翕，合，聚。修尾：修长的尾屏。

〔4〕烂漫：色彩鲜丽。文章：犹言文采，形容错综华美的颜色或花纹。

〔5〕笙竽（shēng yú）：两种管乐器名。

邻家孔雀

〔宋〕刘克庄

初来毛羽锦青葱〔1〕，今与家鸡饮啄同。
童子有时偷剪翅，主人长日少开笼。
峤南岁月幽囚里〔2〕，陇右山川梦寐中〔3〕。
因笑世间真赝错〔4〕，绣身翻得上屏风。

【注释】

〔1〕锦青葱：形容孔雀的羽毛葱绿色，鲜艳华美。锦，喻鲜艳华美。

〔2〕峤南：即岭南，泛指五岭以南地区。幽囚，囚禁。

〔3〕陇右：谓陇山以西至黄河以东之地。

〔4〕赝（yàn）错：错误，谬误。

一身烂漫文章多
引声笙竽奈老何
——孔雀诗欣赏

孔雀毛羽艳丽，声音清彻，细颈隆背，头戴三毛以为冠。尾有金翠，团如锦轮，金碧晃耀。孔雀对尾翅十分珍爱，遇雨时有人捕之，也不展翼而飞；遇芳景闻弦歌，必舒张翅尾，盼睐而舞。《增益经》中曾把孔雀称为“有九德”：“一颜貌端正，二音声清沏，三行步翔序，四知时而行……”自古以来，人们就极其喜爱孔雀，常以孔雀入画，以孔雀入画屏更是文人雅士的痴好。

孔雀金翠烂漫，极其美丽，难以用语言来描绘，诗人们吟咏描摹孔雀之美，故较少用实笔描绘，更多的则是以虚笔渲染。“天仙黼黻毛应是，宫后屏帏尾忽开。曾处嶂中真雾隐，每过庭下似春来。”从这诗句中可以看出，诗人以天仙的彩衣比喻孔雀的漂亮羽毛，以华丽的宫屏形容孔雀绮丽的尾翅，同时又渲染孔雀在山中如云雾一般高洁飘缈，来庭下又如春天一般清新怡人。如此比喻渲染，生动巧妙，它足以唤起读者更美的想象。

“越鸟青春好颜色，晴轩入户看展衣。一身金翠画不得，万里山川来者稀。丝竹惯听时独舞，楼台初上欲孤飞。刺桐花谢芳草歇，南国同巢应望归。”李郢这首《孔雀》诗章法谨严，构思精巧。诗的一二句写孔雀“晴轩”“展衣”，赞其青春色彩。接下“一身”句，以欲画而不得来渲染孔雀的金翠绝美。“万里”句，以“万里山川”路途难来赞颂其珍贵稀少。“丝竹”句绘其独舞之态，“楼台”句状其欲飞之神。这四句对仗工整，错落有致。结尾两句以孔雀“望归”，照应开篇“入户”，以“刺桐花谢”照应“越鸟青春”，首尾呼应，结构严整而精美。

孔雀美丽而珍贵，因此一些诗人常常以孔雀喻人颂赞。“……一身烂漫文章多，引声笙竽奈老何？五侯池馆不可恋，桂树深枝自有窠。”梅尧臣这首《赋孔雀送魏殊》诗，借对孔雀的描述寓含了对魏殊的赞颂。其中“一身烂漫文章多”诗句借“文章”两字的双重含义，既描绘出孔雀纹彩的华美，同时又是赞喻魏殊文辞精深宏富。至于诗中借孔雀不恋五侯池馆，飞寻云桂深巢来隐喻魏殊不恋富贵荣禄，决心归隐田里的高洁之志，则更是令人一目了然。此诗咏物寓情，生动巧妙。

孔雀是美丽的，在诗人笔下也尽是欢快明丽的形象。“初来毛羽锦青葱，今与家鸡饮啄同。童子有时偷剪翅，主人长日少开笼……”“……项翠落残碧，尾花销暗金。放归飞不得，云海故巢深。”从诗人刘克庄、白居易的这些诗句中可以看出，被囚禁和遭受摧残的孔雀是何等黯然失色，毫无生气。在这些诗句中流露出一种悲愤怨懑之情，这似乎也隐含了诗人悲郁的寄托。

鹅

七岁时作咏鹅

〔唐〕骆宾王

鹅鹅鹅，曲项向天歌[1]。
白毛浮绿水，红掌拨清波。

【注释】

〔1〕曲项：弯曲着颈。

得房公池鹅诗[1]

〔唐〕杜甫

房相西池鹅一群[2]，眠沙泛浦白於云。
凤凰池上应回首[3]，为报笼随王右军[4]。

【注释】

〔1〕此诗杜甫臆想是池中养鹅，题为得鹅。

〔2〕房相西池：即房公池，又名房公湖或西湖。相传唐房琯为刺史时所凿，故址在今四川广汉市西南。

〔3〕凤凰池：魏晋时中书省，掌管一切机要，因接近皇帝，故称“凤凰池”。后凡中书省中机要位置，也都称为“凤凰池”。房琯一向在中书，故用“凤凰池”。应回首，应当回顾。

〔4〕“为报”句：这句的意思是为我报：王右军已提笼而去了。杜甫素善书法，故自比王右军。王右军，即王羲之。东晋书法家，官至右军将军，会稽内史，人称“王右军”。据《法书要录》载：王羲之性好鹅，尝见山阴道士有群鹅，王往求之。道士言：府君能自屈书道德经各两章，便合群以奉。羲之住半日，写毕，笼鹅而归。

舟前小鹅儿诗

〔唐〕杜甫

鹅儿黄似酒〔1〕，对酒爱新鹅。
引颈嗔船逼〔2〕，无行乱眼多〔3〕。
翅开遭宿雨，力小困沧波。
客散层城暮〔4〕，狐狸奈若何。

【注释】

〔1〕“鹅儿”两句：这两句是作者对酒观鹅。

〔2〕引颈：鹅嗔怒时的样子。嗔（chēn）：怒。逼，一作“过”。

〔3〕行（háng）：行列。

〔4〕“客散”两句：表作者深致爱惜之意。客，指舟前小鹅儿。

鹅　儿

〔唐〕李郢

腊后闲行村舍边[1]，黄鹅清水真可怜。
何穷散乱随青草，永日淹留在野田[2]。
无事群鸣遮水际[3]，争来引颈逼人前。
风吹楚泽蒹葭暮[4]，看下寒溪逐去船[5]。

【注释】

〔1〕腊后：腊月过后。腊月，阴历十二月。

〔2〕淹留：停留。

〔3〕遮：阻遏。

〔4〕楚泽：南方的湖泽。暮：晚，意指芦苇的枯黄。

〔5〕逐：追赶。

观大溪鹅

〔宋〕陆游

闲泛晴波唼绿萍[1]，却冲微雨傍烟汀[2]。
会稽内史如相遇[3]，换取黄庭一卷经[4]。

【注释】

〔1〕泛：浮行。唼（shà）：水鸟或鱼类吞食，这里是指鹅吞食水草。

〔2〕冲：形容鹅在烟雨中疾游。傍：临近。

〔3〕会稽内史：即王羲之。

〔4〕黄庭：即黄庭经，道经名。世传王羲之书《黄庭经》换白鹅，实为《黄庭外景经》。

会稽内史如相遇
换取黄庭一卷经

——咏鹅诗欣赏

鹅绿眼黄喙，霜毛玉羽，神姿傲然。鹅善鸣，能警盗却蛇，古人常养之，以避虫虺。鹅又善转动长颈，颇有些像书法中动腕之势，相传大书法家王羲之因此而十分喜爱鹅。“书经换鹅”的故事盛传天下。“鹅鹅鹅，曲项向天歌。白毛浮绿水，红掌拨清波。”骆宾王七岁时就写下这首清新的咏鹅小诗。除了天赋的原因外，如不是对鹅的熟悉，是很难写出这样鲜明自然、形象生动的诗歌的。我国人民自古以来就十分喜爱养鹅。历代诗人也写了不少优美的咏鹅诗篇。

“鹅儿黄似酒，对酒爱新鹅。引颈嗔船逼，无行乱眼多。翅开遭宿雨，力小困沧波。客散层城暮，狐狸奈若何。”杜甫这首《舟前小鹅儿》是写小鹅的。诗的前两句叙写诗人对酒观鹅、赏鹅、爱鹅之情。三四句描写小鹅在舟前的形象。小鹅逼船而来，引颈鸣叫，拥挤无行令人眼花缭乱。接下两句是写小鹅翅开力小，在雨中困于沧波的情状。结尾两句流露出对小鹅的一片惜爱之意。全诗描写细致逼真，小鹅的可爱形象栩栩如生，在诗句中充满了诗人对小鹅的喜爱怜惜之情。

“腊后闲行村舍边，黄鹅清水真可怜。何穷散乱随青草，永日淹留在野田。无事群鸣遮水际，争来引颈逼人前。风吹楚泽蒹葭暮，看下寒溪逐去船。”李郢这首《鹅儿》诗，没有从正面对鹅的形姿做更多的描摹，而是通过眼前的情景与想象中的情景的对比，再现诗人对鹅的怜惜与喜爱。

诗的前两句是描写自己闲行所见的黄鹅，在寒冷天显得异常的可怜。接下四句是诗人描绘想象之中希望出现的景境。在那田野上随青草而终日嬉游，在那水边与船前引颈争鸣，这是一幅生动、活泼的画面，群鹅欢快而富于生气。而与之相对照的却是另一幅景致：夜幕降临，冷风吹动楚泽蒹葭，群鹅顺寒溪逐船而去……从那欢快想象中的景境，突然又回到现实凄清的景致，对比极为鲜明强烈。正是在这对比之中隐含了诗人对群鹅的深挚的怜爱之情。

“闲泛晴波唼绿萍，却冲微雨傍烟汀。会稽内史如相遇，换取黄庭一卷经。”陆游这首诗虚实结合而成妙趣。前两句描摹鹅的形姿神韵。第一句是写鹅在晴波之上闲唼绿萍，此是晴景，描绘出鹅的轻闲优雅之神。第二句是写鹅在茫茫雨雾之中，冲波破雨游傍江屿，从容不惧的英姿，此是雨景。这一晴一雨，一神一姿，生动而形象。诗的后两句借用王羲之书经换鹅的典故，含蓄地赞美白鹅的珍贵。由实到虚，水到渠成，意境完美。

“房相西池鹅一群，眠沙泛浦白於云。凤凰池上应回首，为报笼随王右军。”杜甫这首《得房公池鹅诗》，其手法与陆游诗颇相类似。诗的前两句描叙，后两句用王羲之书经换鹅的典故，但其立意却与陆诗有所不同。诗人运用典故，并非是赞美白鹅之珍贵，也不仅仅是以王右军自比，而是通过为我报云：王右军已提笼而去，表露自己对鹅的喜爱犹如王右军一样深沉，同时诗中还隐含了对房公的赞美。

第二篇

PART TWO

鱼虫部

蝶

咏素蝶[1]

〔南朝·梁〕刘孝绰

随风绕绿蕙[2]，避雀隐青薇[3]。
映日忽争起，因风乍共归。
出没花中间，参差叶际飞[4]。
芳华幸勿谢[5]，嘉树欲相依。

【注释】

〔1〕蝶：昆虫纲，翅及体表密被各色鳞片和丛毛，形成各种花斑。蝶的种类甚多，全世界约有一万四千余种，我国约有一千三百余种，分别隶属于弄蝶、凤蝶、粉蝶、蛱蝶等科。有些种类是经济植物的重要害虫。

〔2〕蕙：香草名。

〔3〕薇：植物名。

〔4〕参差：高低不齐，不一致，此指蝶在叶上自由自在地飞。

〔5〕芳华：芳花。

蝴　蝶

〔南朝·宋〕谢无逸

粉翅双翻大有情，海棠庭院往来轻。
当时只羡滕王巧[1]，一段风流画不成。

【注释】

〔1〕滕王：滕王元婴，工画蛱蝶。王建《宫词》：“内中数日无呼唤，榻得滕王蛱蝶图。”

晚　蝶

〔唐〕王建

粉翅嫩如水，绕砌乍依风[1]。
日高山露解，飞入菊花中。

【注释】

〔1〕砌：台阶。乍：忽然。

蝴蝶二首（其二）

〔唐〕徐夤

拂绿穿红丽日长[1]，一生心事住春光[2]。

最嫌神女来行雨[3]，爱伴西施去采香[4]。
风定只应攒蕊粉，夜寒长是宿花房[5]。
鸣蝉性分殊迂阔[6]，空解三秋噪夕阳[7]。

【注释】

〔1〕拂：掠过。丽日：光朗晴日。

〔2〕住：停留。

〔3〕神女：女神。

〔4〕西施：春秋末年越国苎萝（今浙江诸暨）人。西施以美著称，后常用作绝色美女的代称。

〔5〕长：经常。

〔6〕迂阔：迂拙拘泥、不切实际。

〔7〕空：徒然，谓事无实效。

蝴　蝶

〔唐〕李建勋

粉蝶翩翩若有期[1]，南园长是到春归。
闲依柳带参差起，困傍桃花独自飞[2]。
潜被燕惊还散乱[3]，偶因人逐入帘帏[4]。
晓来欲雨东风急，回看池塘影渐稀。

【注释】

〔1〕期：邀约。

〔2〕困：劳倦。

〔3〕潜：隐藏。

〔4〕帘帏（wéi）：帘子。帏，义同“帷”，帐子。

胡蝶儿

〔唐〕张泌

胡蝶儿，晚春时，
阿娇初着淡黄衣[1]，倚窗学画伊[2]。
还似花间见，双双对对飞。
无端和泪湿胭脂[3]，惹教双翅垂。

【注释】

〔1〕阿娇：汉武帝姑馆陶长公主的女儿叫阿娇，武帝小时就喜欢她，见《汉武故事》。这里用来指漂亮的女孩。着（zhuó）：穿着。

〔2〕伊：你。

〔3〕无端：无缘无故。

蛱　蝶

〔宋〕晏殊

莺欲绵蛮柳欲阴[1]，露丛烟萼恣搜寻[2]。
那将两翅轻涂粉，绕遍千花百卉心。

【注释】

〔1〕绵蛮：鸟叫声。《诗·小雅·绵蛮》：“绵蛮黄鸟。”

〔2〕烟萼：如烟似雾的花萼。

蝶

〔宋〕王安石

翅轻於粉薄於缯〔1〕，长被花牵不自胜〔2〕。
若信庄周尚非梦〔3〕，岂能投死为韩凭〔4〕。

【注释】

〔1〕缯（zēng）：古代丝织品的总称。

〔2〕胜：担承。

〔3〕尚非梦：且不是梦。庄周梦，见庄子《齐物论》：“昔者庄周梦为蝴蝶，栩栩然蝴蝶也。”

〔4〕韩凭：据干宝《搜神记》载：韩凭，相传系战国宋康王舍人。妻何氏，甚美，康王夺之，并罚凭筑长城。不久，凭夫妇相继自杀。乡人埋之，两冢相望。一夜之间，有梓木生于两冢之端，旬日而盈抱，根交于下，枝错于上。又有鸳鸯雌雄各一，栖于树上，晨夕不离，交颈悲鸣，声音感人。后因以韩凭代指鸳鸯。这里是借韩凭魂说大蝶必成双。

蝶

〔宋〕宋祁

扑粉曾过宋玉墙〔1〕，一生身计托群芳〔2〕。
不须长结东风愿，秋菊春兰各有香。

【注释】

〔1〕宋玉：战国时楚国辞赋家。

〔2〕托：寄托，属于。群芳：群花。

鬼　蝶

〔宋〕苏轼

双眉卷铁丝[1]，两翅晕金碧[2]。
初来花争妍[3]，忽去鬼无迹。

【注释】

〔1〕“双眉”句：此句形容蝴蝶的须子。

〔2〕金碧：金黄色和碧绿色。晕：色泽四围模糊的部分。

〔3〕妍：美。

秋日田园诗

〔宋〕范成大

橘蠹如蚕入化机[1]，枝间垂茧似蓑衣。
忽然蜕作多花蝶，翅粉才干便学飞。

【注释】

〔1〕橘蠹（dù）：生在橘树间的蠹虫，可蜕化为蝶。化机：化生，变化滋生。

观物化诗

〔宋〕杨万里

蝴蝶新生未解飞[1]，须拳粉湿睡花枝[2]。
后来借得风光力，不记如痴似醉时[3]。

【注释】

〔1〕未解飞：还不会飞。

〔2〕须拳：蝶须蜷曲。拳，通“蜷”，屈曲。

〔3〕如痴似醉：如醉如痴。痴，入迷。

窗下戏咏三首（其三）

〔宋〕陆游

何处轻黄双小蝶，翩翩与我共徘徊[1]。
绿阴芳草佳风月，不是花时也解来[2]。

【注释】

〔1〕徘徊：来回地行走。

〔2〕解：通“邂”，即“邂逅”，不期而会。

蝶

〔元〕马臻

曾随秦女踏青阳[1]，几被鹦捎出建章[2]。
芳草梦寒迷碧色，杏花细雨宿红香。
粉凝薄翅春无力，恨入修眉晚断肠[3]。
寄语莫寻歌舞处，五侯门第有高墙。

【注释】

〔1〕秦女：美女。青阳：指春天。《尔雅·释天》："春为青阳。"

〔2〕鹦（yīng）：同"莺"，鸟名，又名黄鹂、黄莺等。初春始鸣，故又称告春鸟。建章：汉宫名，故址在今陕西省西安市长安区西，后泛指宫阙。

〔3〕修眉：指蝴蝶。《本草纲目·虫·蛱蝶》："……蝶美于须，蛾美于眉。"

秋　蝶

〔明〕刘涣

欲歇还休却又飞，芙蓉叶底恋秋辉[1]。
自知翅粉浑销尽[2]，羞近尊前舞女衣[3]。

【注释】

〔1〕芙蓉：指木芙蓉树。

〔2〕浑：全。

〔3〕尊前：在酒樽之前，指宴饮时。

何处轻黄双小蝶 翩翩与我共徘徊

——咏蝶诗词欣赏

“娟娟戏蝶过闲幔”“穿花蛱蝶深深见”，蝴蝶粉翅彩裳，绕篱穿花，舞园飘径，其形姿舞态甚是优美。自古以来，它勾动了多少人的情思，又有多少人为它留下笔吟墨颂。昔庄周梦为蝴蝶，而栩栩然，欣欣然。物化之妙，古乐府也不乏吟蝶歌词：“蛱蝶行，蛱蝶之，遨游东园，奈何卒。”

综观古代咏蝶诗，或绘其飞舞之姿，或赞其蝶花之恋，或咏其脱化之新生，或抒一己喜爱之情。绘态摹神、抒情兴讽，真可谓多致多情。

同是描绘蝴蝶飞舞之姿的，王建的诗短小简洁：“粉翅嫩如水，绕砌乍依风。日高山露解，飞入菊花中。”小小蝴蝶粉翅如水，轻柔稚嫩，绕砌而飞，依风徘徊。太阳高升，山间绿丛的露水终于消去了，蝴蝶又轻飘飘地飞进金黄的菊花丛中去了。此诗字数不多，笔墨也较淡，然而却把蝴蝶的舞姿描写得真切而形象。其中“粉翅嫩如水”的比喻，与山间绿丛露水消逝的点染都透着一种生气，因而此诗给人以浑然一体的新鲜之感。

“粉蝶翩翩若有期，南园长是到春归。闲依柳带参差起，困傍桃花独自飞。潜被燕惊还散乱，偶因人逐入帘帏。晓来欲雨东风急，回看池塘影渐稀。”李建勋这首《蝴蝶》诗，则是从多侧面描写蝴蝶的形姿舞态的。写其在“依柳絮”“傍桃花”“被燕惊”“因人逐”不同情景之下，各种飞舞之姿，这是一幅幅平面的绘画。最后两句，那回首眺望池塘上，同舞的蝶影渐远渐稀的描绘，为这幅画面增添了层次。由于景深的推进，这一幅蝶舞图显得生动了起来。

“欲歇还休却又飞，芙蓉叶底恋秋辉。自知翅粉浑销尽，羞近尊前舞女衣。”刘涣这首《秋蝶》则是着意描绘秋蝶“欲歇还休却又飞”的不甘衰竭的情态。它在芙蓉树下飘飘匝匝依恋着尚存一丝温息的秋辉。自知身上那漂亮的翅粉已全部脱退，再也无颜去逐追那舞女的艳裳绣裙了。这最后一笔，取李贺《谣俗》“飞向城南去，误落石榴裙”诗句，反其意用之，秋蝶的神情被刻画得惟妙惟肖。其“羞近”二字的运用，又仿佛使我们感受到蝴蝶的心理活动。

常见于诗人笔下的蝶恋花的描写，更是别有一番意趣。其手法立意又各有特色。

“莺欲绵蛮柳欲阴，露丛烟萼恣搜寻。那将两翅轻涂粉，绕遍千花百卉心。”（晏殊《蛱蝶》）黄莺啁啁鸣叫时时窥视，柳枝仿佛浓荫遮掩，如此险阻，那蝴蝶仍遍绕千花百卉。此诗对蝶的描绘，着重于形姿，寥寥几笔，便刻画出蝴蝶对百花的爱恋。“翅轻於粉薄於缯，长被花牵不自胜。若信庄周尚非梦，岂能投死为韩凭。”王安石这首《蝶》诗，描写与议论并用，借庄周梦蝶和韩凭蝶魂的典故来渲染表现蝴蝶“长被花牵不自胜”的痴情真意。此诗着重于情态的表现，绘形之笔简洁，议论之句委深，言外有味。“扑粉曾过宋玉墙，一生身计托群芳。不须长结东风愿，秋菊春兰各有香。”宋祁的《蝶》诗也是写蝶恋花的。诗人吟咏蝴蝶一生的身计都寄托在百花群芳之上。不管是春天还是秋天，不论是春兰的芳菲还是秋菊的清香，它都爱恋不舍，挚着以求。此诗在描述中插以议论。最后两句犹似蝴蝶心声自述，其微含的寓意发人联想。

蝴蝶并非生来就能飞舞飘游的，它是由蠹而脱化为花蝶的。正如范成大《秋日田园诗》所描绘的“橘蠹如蚕入化机，枝间垂茧似蓑衣。忽然蜕作多花蝶，翅粉才干便学飞。”在吟咏花蝶脱化的诗作中，以杨万里的《观物化诗》较有特色：“蝴蝶新生未解飞，须拳粉湿睡花枝。后来借得风光力，不记如痴似醉时。”这是一首托物讽兴之作。诗中描写了新生蝴蝶由沉睡花枝到乘风飘舞得意忘形的情态。既用以实笔描写，又施以虚笔点染，形神毕肖。然而诗人并非仅仅是为了描写新生的蝴蝶，诗中借咏蝶而隐含了对那些因欲望已得而忘却旧情之人的讽刺。

在咏蝶诗中，还有一些清新自然的抒情小诗，如陆游的《窗下戏咏》："何处轻黄双小蝶，翩翩与我共徘徊。绿阴芳草佳风月，不是花时也解来。"是从什么地方飞来这轻盈淡黄的一对小蝶，为我翩翩起舞，久久不肯离去。但愿花不开时，你们也能飞来，在那明月暖风、良辰美景之中，不更是别有一番情趣吗？！在诗人笔下，人与蝶似乎发生着感情的交流，那嬉戏飞舞的一对小蝶，竟像是他所熟悉的朋友。他们亲昵叙谈，轻松而惬意。诗句写得亲切自然，字里行间充满着诗人对小蝶的无限喜爱之情。

蝉

蝉

〔唐〕虞世南

垂绥饮清露[1]，流响出疏桐[2]。
居高声自远，非是藉秋风[3]。

【注释】

〔1〕垂绥（ruí）：蝉的头部有伸出的触须，形状好像下垂的冠缨，故说“垂绥”。绥，古人结在颔下的帽带下垂部分。

〔2〕流响：形容蝉声长鸣，悦耳动听。

〔3〕藉：凭借。

在狱咏蝉

〔唐〕骆宾王

西陆蝉声唱[1]，南冠客思侵[2]。
那堪玄鬓影[3]，来对白头吟[4]。

露重飞难进，风多响易沉。
无人信高洁，谁为表予心？

【注释】

〔1〕西陆：指秋天。

〔2〕南冠：指囚徒，囚犯。这句是写诗人在狱中深深怀念家乡。

〔3〕玄鬓：黑色的鬓发，这里指蝉的双翅。

〔4〕白头吟：双关语。一方面在狱中，作者看到高唱的秋蝉还是两鬓乌玄，不禁自伤人老；又一方面，白头吟又是乐府曲名。相传两汉时司马相如对卓文君爱情不专，后卓文君作《白头吟》以自伤。诗人运用这一典故，进一步比喻执政者辜负了诗人对祖国的一片忠心。

赋得含风蝉诗

〔唐〕卢照邻

高情临爽月[1]，急响送秋风。
独有危冠意[2]，还怜衰鬓同。

【注释】

〔1〕爽月：指秋季之月。

〔2〕危冠：高冠。

新　蝉

〔唐〕卢仝

泉溜潜幽咽[1]，琴鸣乍往还[2]。
长风剪不断，还在树枝间。

【注释】

〔1〕幽咽：形容声音低沉、微弱。

〔2〕琴鸣：形容蝉鸣似琴动听。

闻蝉诗

〔唐〕李商隐

本以高难饱〔1〕，徒劳恨费声。
五更疏欲断〔2〕，一树碧无情。
薄宦梗犹泛〔3〕，故园芜已平〔4〕。
烦君最相警〔5〕，我亦举家清〔6〕。

【注释】

〔1〕“本以”两句：这两句是写寒蝉高洁而食不果腹，虽悲鸣寄恨而无人同情。高难饱，蝉栖高树并餐风饮露，故说“高难饱”，这里暗喻作者身世。

〔2〕“五更”两句：五更天快亮时，蝉的鸣声稀疏，像要断绝了，一树碧绿的叶子像是对寒蝉冷酷无情。

〔3〕薄宦：犹小官。作者在各地当幕僚，是个小官，所以自称“薄宦”。梗犹泛：《战国策·齐策》：桃梗（桃木人）谓土偶人（泥人）曰：“子（你），西岸之土也，挺（塑起）子以为人。至岁八月，降雨下，淄水至，则汝残矣。”土偶曰：“不然。吾，西岸之土也；吾残，则复西岸耳。今子东国之桃梗也，刻削子以为人。降雨下，淄水至，流子而去，则子漂漂者将何如耳。”这里用“梗犹泛”形容作者漂泊不定的宦游生活。梗，树木的枝条。

〔4〕“故园”句：家乡田园里的杂草和野地里的杂草已经连成一片了。这句写作者怀念家乡。

〔5〕君：指蝉。最相警：意思是蝉的鸣叫声最能触动作者的身世之感，引起强烈共鸣。

〔6〕举家清：家中空无所有，一贫如洗。

六月三日夜闻蝉诗

〔唐〕白居易

荷香清露坠，柳动好风生。
微月初三夜[1]，新蝉第一声。
乍闻愁北客[2]，静听忆东京[3]。
我有竹林宅，别来蝉再鸣。
不知池上月[4]，谁拨小船行。

【注释】

〔1〕“微月”句：指作者六月三日闻蝉之夜。

〔2〕北客：作者自指。客，指旅居他乡的游客。

〔3〕东京：古都名，指河南洛阳。

〔4〕“不知”两句：不知月光映照的池塘上，谁在拨动小船行走。

新蝉诗

〔唐〕司空曙

今朝蝉忽鸣，迁客若为情[1]。
便觉一年老[2]，能令万感生[3]。
微风方满树[4]，落日稍沉城。
为问同怀者，凄凉听几声。

【注释】

〔1〕迁客：流迁或被贬谪到外地的官。这里是作者自指。

〔2〕便：立即。

〔3〕能令：能使。

〔4〕方：正在。

咏蝉诗

〔唐〕于邺

江头一声起，芳岁已难留[1]。
听此高林上，遥知故国秋[2]。
应吹风落叶，似劝客回舟[3]。
不是新蝉苦，年年自有愁。

【注释】

〔1〕芳岁：一年的花香季节，指夏天。

〔2〕故国：故乡。

〔3〕客：旅居他乡的人。这里是作者自指。

蝉

〔宋〕寇準

寂寂宫槐雨乍晴[1]，高枝微带夕阳明。
临风忽起悲秋思[2]，独听新蝉第一声。

【注释】

〔1〕寂寂：冷静，寂寞。

〔2〕悲秋思：谓面对秋景而感伤。

听蝉诗三首

〔宋〕杨万里

（其一）

一只初来报早秋，又添一只说新愁。
两蝉对语双垂柳，知斗先休斗后休〔1〕。

【注释】

〔1〕“知斗”句：《清异录》云：“唐时京城游手夏月采蝉，货之，唱曰：‘只卖青林乐。’妇人、小儿争买以笼悬窗户间，亦有验其声长短为胜负者，谓之仙虫社。”

（其二）

一壳空空纸样轻，风前却有许多声。
叫来叫去浑无事〔1〕，叫到诗人白发生。

【注释】

〔1〕浑无事：根本没事。浑，全。

（其三）

说露谈风有典章〔1〕，咏秋吟夏入宫商〔2〕。
蝉声无一添烦恼，自是愁人枉断肠〔3〕。

【注释】

〔1〕典章：制度、法令等的总称。这里指蝉的叫声有规律。

〔2〕宫商：我国古代五声音阶的第一音级和第二音级。

〔3〕枉断肠：肝肠欲断。枉，徒然。

齐天乐·蝉

〔宋〕王沂孙

一襟余恨宫魂断〔1〕，年年翠阴庭树。
乍咽凉柯，还移暗叶，重把离愁深诉。
西窗过雨〔2〕，怪瑶珮流空，玉筝调柱。
镜暗妆残，为谁娇鬓尚如许〔3〕。
铜仙铅泪似洗〔4〕，叹移盘去远，难贮零露。
病翼惊秋〔5〕，枯形阅世，消得斜阳几度？
余音更苦。甚独抱清商〔6〕，顿成凄楚。
漫想熏风，柳丝千万缕〔7〕。

【注释】

〔1〕宫魂：传说蝉是宫中人魂魄所化，所以说“宫魂”。《寰宇记》：“齐女怨王而死，化为蝉。”

〔2〕“西窗”三句：在西窗下听雨后的蝉声，非常清脆，疑是玉珮声在空中流过，又疑是玉筝在弹奏。瑶珮，玉珮。珮，通“佩”，身上佩带的玉饰物。筝，拨弦乐器。

〔3〕娇鬓：用蝉来比鬓，是说好的鬓梳得很薄，好像蝉翼。《古今注》：“魏文帝宫人莫琼树，制蝉鬓，缥缈如蝉翼。”

〔4〕“铜仙”三句：汉建章宫前有一个很高的铜人，手中托着铜的承露盘，称为捧露仙人。传说魏明帝时，要把铜人搬到洛阳去，刚拆下来时，铜人眼中流泪。古人说蝉是饮露水的，这里既结合咏蝉，又表宋亡之痛。

〔5〕“病翼”两句：带病的翅膀，容易感觉秋到。枯了的形骸（指蝉蜕），还遗留在世间。这里作者以蝉自比。

〔6〕清商：商，是古代五音（宫、商、角、徵、羽）之一。它是一种悲凉凄清的调子，故称清商。

〔7〕“漫想”两句：意思是徒然想望夏天的南风吹来，柳丝茂繁。漫，空泛。熏风，夏天的南风。

居高声自远
非是藉秋风

——咏蝉诗词欣赏

蝉噪柳鸣榆，饮露聆风，居高声远，清洁不俗。历代诗人多爱咏蝉赋诗，吟咏感慨，寄寓情怀。

“短翼含风薄似秋，一声声带夕阳愁”“乍咽凉柯，还移暗叶，重把离愁深诉……病翼惊秋，枯形阅世，消得斜阳几度？余音更苦”，一声声悲秋，一声声似愁，在蝉的鸣噪声中似有无限忧愁。诸多的咏蝉诗都是通过蝉声以诉悲秋。同是借咏蝉写悲秋，寇凖咏《蝉》一诗没有一味地渲染其冷暗悲凄情调，而是写出微明的景致。“寂寂宫槐雨乍晴，高枝微带夕阳明。临风忽起悲秋思，独听新蝉第一声。”雨后初晴，高高的树枝浮动着夕阳余晖，一阵微风过后，诗人听到寂静的宫槐中忽然传出新蝉的第一声。在这里诗人以“雨乍晴”“夕阳明”的明丽景致反衬出新蝉一声孤鸣，对比鲜明。其中“乍”“忽”“独”字的运用，点出情绪的变化，更突出了诗人伤秋独愁的心情，全诗写得愁而不怨，含蓄而深厚。

同是咏蝉声，不同的诗人便有不同感触。杨万里诗：“说露谈风有典章，咏秋吟夏入宫商。蝉声无一添烦恼，自是愁人枉断肠。”此诗一反前诗立意。诗人的笔下，蝉声并非愁音，而是有如乐声清扬，它带给人们的绝非是烦恼，不过是忧愁之人自生的愁肠。

白居易的《六月三日夜闻蝉诗》，借咏蝉而抒思乡之情。“荷香清露坠，柳动好风生。微月初三夜，新蝉第一声。乍闻愁北客，静听忆东京。我有竹林宅，别来蝉再鸣。不知池上月，谁拨小船行？”荷花飘溢出清香，荷叶上闪动着晶莹欲坠的露珠，微风轻轻吹来，柳枝袅袅拂动。在这月光映照的恬静之夜，忽然听到新蝉第一声啼鸣。最初的这噪鸣更令羁旅之人愁思不畅，久久地静听，却又不由地回想起东京家乡。不知那青竹环抱的家园，自离别后，是否又响起蝉鸣之声，也不知那月光映照的池塘上，谁在拨桨荡舟？此诗构思精巧，意境优美。前四句写此地此景，后四句写心中想念的彼地彼情，前实后虚，中间两句衔接转换，自然真切。从“乍闻”蝉声而生愁，到“静听”蝉声而相思，只此两句，便写出情绪变化的层次。由此景转而彼境，以蝉声为媒介，触此景此声，而联想彼景彼声。其思乡之情不须点明，一切都在景境的渲染之中。同是月夜，同是蝉鸣，这里有荷动之水，那里有荡舟之池，实景虚境浑然一体，诗人思乡之情藉寓其中，含蓄而深挚。

在咏蝉诗中，虞世南、骆宾王、李商隐的诗作被称之“咏蝉三绝”。三诗同工于比兴寄托，然而寄意和风格却有所不同，各具特色。

“西陆蝉声唱，南冠客思侵。那堪玄鬓影，来对白头吟。露重飞难进，风多响易沉。无人信高洁，谁为表予心？”骆宾王这首《在狱咏蝉》诗咏物抒怀，构思精巧。前四句，一句咏蝉，一句说己。一、二句由秋蝉鸣声，到诗人在狱中愁思深沉，三、四句以秋蝉乌玄两鬓，来对诗人自己满头白发。由物及人，两两相对，感兴自然。后四句，物我相融，句句是咏蝉，句句也是喻人。以蝉因“露重”“风多”而“飞难进”“响易沉”，来寄托诗人居阻恶之境，倍遭摧残，壮志难酬的悲愤之情。最后两句“无人信高洁，谁为表予心？”既是为蝉悲鸣不平，更是感慨自己的不幸——自己品性高洁，却不为时人所了解，反被诬陷入狱。这怎能不令诗人感愤不已。在这里咏蝉与抒情浑然难辨，物我合一。全诗咏物抒情含蓄深沉，不即不离。实笔描绘，虚笔议论，相得益彰。其中“白头吟”典故的运用，以司马相如辜负卓文君的忠贞爱情，来隐喻统治者辜负了诗人对国家的忠贞之情。尝“盐味”却不着“盐迹”，贴切自然，含意深远却又不露痕迹。

“本以高难饱，徒劳恨费声。五更疏欲断，一树碧无情。薄宦梗犹泛，故园芜已平。烦君最相警，我亦举家清。”李商隐《闻蝉诗》，诗的前四句咏蝉，后四句叙己，全诗以情贯穿，空际传神，错综细腻。蝉饥而悲鸣欲绝，树却一任碧绿，冷漠无情。诗人以树无情来反衬蝉悲鸣，更见蝉之悲切。树之无情，更显诗人之有情。诗人怜蝉乃是自怜，在蝉的不幸境遇中，也像是有着诗人的不幸身世。蝉鸣并非为诗人而发，然而诗人却谓其“相警”，这是蝉于“我”无情，而我却以为“它”有情。这首诗的构思与骆宾王诗大不相同，然而咏物抒情、波澜跌宕却极为深沉感人。

“垂緌饮清露，流响出疏桐。居高声自远，非是藉秋风。”虞世南这首《蝉》诗，于形象的描绘中引发议论，极富哲理。前两句表面上是对蝉的描写，实际上字字隐含比兴象征。从那吸饮清露，清声流远的高雅姿质中，悠然有一种清华俊逸的人格气韵之美。人们往往认为蝉声远传是借助于风的力量，然而在诗人的吟咏中，蝉因居高而声自远，并非是凭借秋风的吹送。诗中寄寓了一个道理：人的品格高洁，其声名自然远扬，不需要凭藉外力的吹捧颂扬。全诗字字咏蝉，无一句写人，这又不同于骆李两诗，然而字字都寄托着诗人之自况。此诗生动含蓄，既不粘于物，又不离于物，咏物言理，以颂人的品格。正如沈德潜言：“咏蝉者每咏其声，此独尊其品格。”

蜂

蜂

〔唐〕李商隐

小苑华池烂熳通[1]，后门前槛思无穷[2]。
宓妃腰细才胜露[3]，赵后身轻欲倚风[4]。
红壁寂寥崖蜜尽[5]，碧帘迢递雾巢空。
青陵粉蝶休离恨[6]，长定相逢二月中。

【注释】

〔1〕“小苑”句：这句是说园林里繁花盛开与池塘连成了一片。苑，古代养禽兽的园林。华池，花和池塘。

〔2〕槛（jiàn）：窗户下或长廊旁的栏杆。

〔3〕宓（mì）妃：伏羲氏女，相传溺死洛水，遂为洛水之神。其名初见于屈原《离骚》：“吾令丰隆乘云兮，求宓妃之所在。”这里用宓妃腰细喻蜜蜂。

〔4〕赵后：即赵飞燕。原为汉成帝宫人，初学歌舞，以体轻号曰

飞燕，后立为婕妤。许后废，成帝立她为后，得宠十余年。此用赵后身轻喻蜜蜂。

〔5〕寂寥：空寂。

〔6〕青陵：蝶的一种，色青而大。

寒蜂采菊蕊

〔唐〕耿沣

游飏下晴空[1]，寻芳到菊丛。
带声来蕊上，连影在香中。
去住霑馀雾，高低顺过风。
终惭异蝴蝶，不与梦魂通。

【注释】

〔1〕游飏（yáng）：逍遥自在地飞。

蜂

〔唐〕罗隐

不论平地与山尖，无限风光尽被占。
采得百花成蜜后，为谁辛苦为谁甜[1]。

【注释】

〔1〕为谁：第一个“为谁”，一作“不知”。

蜂

〔宋〕杨万里

燕衔芹根泥[1]，蜂缀花上蕊[2]。
带雨两股飞，所取日能几？
调和露与英[3]，凝甘滑于髓[4]。
天寒百虫蛰[5]，割房霜在匕[6]。
燕已成雏归[7]，蜂忧冻馁死[8]。
乃见万物心，多为造化使[9]。

【注释】

〔1〕芹根泥：燕子用以筑巢的泥。杜甫《徐步》：“芹泥随燕嘴，花蕊上蜂须。”

〔2〕缀：落。

〔3〕英：花。

〔4〕甘：甜，引申指美味。

〔5〕蛰（zhé）虫：伏藏在土中过冬的昆虫。

〔6〕割房：把蜂巢中储存蜜的地方用刀割下来。蜂房，蜜蜂用分泌的蜂蜡造成六角形巢，是蜜蜂产卵和储藏蜂蜜的地方。

〔7〕雏：幼禽，这里是指小燕。

〔8〕馁（něi）：饿。

〔9〕造化：指天命。使：派遣。

蜂

〔元〕李俊民

弄晴沾落絮[1]，带雨护园花。
有课常输蜜[2]，无春不到衙[3]。

【注释】

〔1〕弄晴：晴日戏飞。

〔2〕课：征赋。

〔3〕衙：蜂衙。《埤雅广要》："蜂有两衙应潮，其主之所在，众蜂为之旋绕如卫，诛罚惩令绝严，有君臣之义。"又《潜确类书》："蜂朝衙毕，方出采花，暮衙毕方入房。"

蜂

〔明〕俞允文

春晴逢谷雨[1]，泛滥绕林篁[2]。
逐醉萦轻袂[3]，缠花猎异香[4]。
从栖悬玉宇[5]，叠构隐金房[6]。
灵化知何术[7]，神功寄药王。

【注释】

〔1〕谷雨：二十四节气之一。《月令七十二候集解》："三月中，自雨水后，土膏脉动，今又雨其谷于水也……盖谷以此时播种，自上而下

也。”谷雨前后，一般天气较暖，雨量也较前多。

〔2〕林篁（huáng）：竹林。

〔3〕袂（mèi）：衣袖，这里指蜂的轻翅。萦：萦绕。

〔4〕猎：寻取。

〔5〕玉宇：天空。

〔6〕“叠构”句：参见杨万里《蜂》诗注〔6〕蜂房。

〔7〕“灵化”两句：蜂酿造的蜜，营养价值很高。中医学上用作补中、润燥药，并能解毒、调和诸药。

蜂

〔明〕郭登

葩葩华华竞采花〔1〕，蜜房收课作生涯〔2〕。
知他有甚经纶处〔3〕，也向潮时报两衙。

【注释】

〔1〕葩（pā）：花。

〔2〕收课：收取赋税。

〔3〕经纶：整理丝缕，引申为处理国家大事。

采得百花成蜜后 为谁辛苦为谁甜

——咏蜜蜂诗欣赏

蜜蜂终日采花酿蜜，创造甚多而享受甚少，因而成为勤劳美德的象征，也成为历代诗人喜爱吟咏的对象。在咏蜜蜂诗中，有的是赞美蜜蜂的美德，如“葩葩华华竞采花，蜜房收课作生涯”“有课常输蜜，无春不到衙”；有的是同情蜜蜂的不幸命运，如“燕衔芹根泥，蜂缀花上蕊。带雨两股飞，所取日能几？调和露与英，凝甘滑于髓。天寒百虫蛰，割房霜在匕。燕已成雏归，蜂忧冻馁死”；有的则是借蜜蜂寄寓意蕴，如“酿成百花脾，聊尔了口腹。人知口中甘，谁料腹中毒”。

在咏蜜蜂诗中，有些描写蜜蜂形姿风韵的小诗写得颇有意思。“游飏下晴空，寻芳到菊丛。带声来蕊上，连影在香中。”耿沣这首小诗是描写深秋寒蜂采菊的。全诗虽只二十个字，却把小小蜜蜂描写得生动而有风韵。从“游飏”到“寻芳”，从“晴空”到“菊丛”，我们看到的仿佛是摇动的电影镜头，从远而近，从上而下，从阔大之境到具体之景，描画出蜜蜂从远处飞游而来的自由自在的风姿。接下两句描写得更加细腻了。小小蜜蜂的振翼之声已来到金黄色菊花蕊上，在阳光映照之下，它的小小身姿和舞动的身影都弥漫在菊花的芳香之中。在这里我们不仅看到蜜蜂的身影之姿，而且听到蜜蜂的振翼之声，嗅到菊花的芳香。由声及色、由影及香，色、香、形、声俱被调动起来，因此便觉寒蜂采菊丛的形象如在眼前。

“不论平地与山尖，无限风光尽被占。采得百花成蜜后，为谁辛苦为谁甜。”罗隐这首《蜂》，借咏蜂以寄托，命意新颖，寄托深远，在咏蜂诗中是最有特色的一首。此诗没有从正面描摹蜜蜂的形姿神色，也没有直接赞美蜜蜂的品质美德。而是选取了蜜蜂的一个特性，借咏物以寄托深刻的人生感喟。其寓意深蕴含蓄，既可以理解为诗人是借咏蜂以刺喻世上聚敛之人，终日为利禄奔忙的无聊，更可以理解为诗人借咏蜂，感慨贫苦的农民，终年辛苦劳作，而不能享受自己劳动果实的不幸。诗人罗隐生活在晚唐大动荡时代，十次投考进士都没有考中，不断受到当局的排挤和打击。鲁迅说他所著的《谗书》“无乎全部是抗争和愤激之谈”。（《小品文的危机》），他的另一首咏物诗《雪》“尽道丰年瑞，丰年事若何。长安有贫者，为瑞不宜多”便是为挣扎在饥寒之中的老百姓代言。由此可见，他的这首《蜂》其主旨在于为农民劳而不得用的冤怨鸣不平。

此诗语言平淡而不事雕饰，构思精巧而见功力。诗的前两句与后两句形成一种跌宕之势。前两句是说：无论是平地和山峰，凡是鲜花盛开的风光之地，都是蜜蜂的领地。诗人在这前两句描叙中渲染了蜜蜂似乎是能飞及一切地方，能得到一切。在这“无论”“无限”“尽被占”的高潮极致之中，接下两句却忽地跌宕下来。“采得百花成蜜后，为谁辛苦为谁甜。”辛苦采花酿蜜，却不知归谁所属，前两句铺衬之高，正是为了后两句反跌之深。此一正一反、欲夺故予的手法，生动而又含蓄地寄寓了诗人深刻的命意。其中结尾句“为谁辛苦为谁甜”以反诘句道出已是令人回味，而“为谁”两字的重复，更是引人品味。这颇似李白“一叫一回肠一断”中“一”字的重复，咏叹复唱，感慨无穷，余韵不绝。

萤

咏萤火

〔南朝·梁〕萧绎

着人疑不热[1]，集草讶无烟[2]。
到来灯下暗，翻往雨中然[3]。

【注释】

〔1〕着（zhuó）人：附着在人身上。着，附着，附上。
〔2〕集草：聚集在草丛里。集，聚集，汇合。讶：惊讶。
〔3〕翻：飞。然："燃"的本字，燃烧，这里是"亮"的意思。

咏萤诗

〔南朝·梁〕萧纲

本将秋草并[1]，今与夕风轻[2]。
腾空类星陨[3]，拂树若花生[4]。

屏疑神火照，帘似夜珠明。
逢君拾光彩[5]，不吝此生轻。

【注释】

〔1〕将：与。并：相挨着。

〔2〕夕风：晚风。

〔3〕类：似，好像。陨：坠落。

〔4〕拂：掠过。

〔5〕“逢君”两句：托物寓意。这两句是用萤火的口吻，表示只要有人赏识，即可献出自己的一切。君，对人的敬称。吝，吝啬。

咏萤火示情人

〔唐〕李百药

窗里怜灯暗[1]，阶前畏月明[2]。
不辞逢路湿[3]，只为重宵行[4]。

【注释】

〔1〕怜：爱怜。

〔2〕畏：害怕。

〔3〕逢：遇见。

〔4〕重宵：深夜。行：走，这里是“飞”的意思。

咏　萤

〔唐〕虞世南

的历流光小[1]，飘摇弱翅轻[2]。
恐畏无人识[3]，独自暗中明。

【注释】

〔1〕的历：明亮、鲜明的样子。

〔2〕弱翅轻：翅膀软而轻。

〔3〕恐畏：恐怕、畏惧。

萤火诗

〔唐〕杜甫

幸因腐草出[1]，敢近太阳飞。
未足临书卷[2]，时能点客衣[3]。
随风隔幔小[4]，带雨傍林微[5]。
十月清霜重，飘零何处归。

【注释】

〔1〕“幸因”句：《尔雅释》：“腐草得暑湿之气为萤。”幸，幸亏。

〔2〕“未足”句：这里指车胤囊萤读书一事。车胤，晋人。幼时勤学家贫不常得油，夏月则囊萤照书，后以博学知名。

〔3〕点：一触即离。客：旅居他乡的人，这里是作者自指。

〔4〕幔：帐幕。
〔5〕傍（bàng）：接近，依傍。

玩萤火

〔唐〕韦应物

时节变衰草[1]，物色近新秋。
度月影才敛[2]，绕竹光复流。

【注释】

〔1〕时节：指入秋。变衰草：草由盛变衰。
〔2〕度月：在月光下飞。敛：收敛。

咏萤诗

〔唐〕李嘉祐

映水光难定，凌虚体自轻[1]。
夜风吹不灭，秋露洗还明。
向烛仍分焰[2]，投书更有情。
犹将流乱影，来此傍檐楹[3]。

【注释】

〔1〕凌虚：高入天空。
〔2〕向：朝向，对着。
〔3〕檐：屋檐。楹（yíng）：厅堂的前柱。

萤二首

〔唐〕罗邺

（其一）

水殿清风玉户开[1]，飞光千点去还来[2]。
无风无月长门夜[3]，偏到阶前点绿苔[4]。

【注释】

〔1〕玉户：以玉装饰的门户。

〔2〕“飞光”句：许多萤火虫飞来飞去。

〔3〕长门：汉宫门。

〔4〕“偏到”句：这句的意思是萤火虫偏偏喜欢到长门宫这个又黑又暗的阶前绿苔上飞来飞去。

（其二）

徘徊无烛冷无烟[1]，秋逕莎庭入夜天[2]。
休向书窗来照字，近来红蜡满歌筵。

【注释】

〔1〕徘徊：往返回旋的样子。

〔2〕逕（jìng）：经过。莎（suō）庭：堂前的草地。

萤　火

〔唐〕陈去非

翩翩飞蛾扑明烛，见烹膏油罪莫赎[1]。
嘉尔萤火不自欺[2]，草间光照相煜煜[3]。
却马已录仙人方[4]，映书曾登君子堂[5]。
不畏月明见陋质[6]，但畏风雨难为光。

【注释】

〔1〕见烹膏油：看见蜡烛冒着的油烟。赎（shú）：赎罪。

〔2〕嘉尔：夸奖你。

〔3〕煜煜（yù）：明亮的样子。

〔4〕却马：旧时传说，取萤火，裹以羊皮，置土中，马见之鸣却不敢行。录：抄写。仙人方：仙人的方术。

〔5〕“映书”句：萤火的亮光能照见书本。

〔6〕陋质：丑陋的样子。

夜斋见萤

〔明〕高启

拂竹沿莎复点台[1]，夜窗无月见飞来。
旧书乱后多抛却，懒就微光更展开[2]。

【注释】

〔1〕沿：沿着。莎（suō）：草名。

〔2〕就：随。更：再。

恐畏无人识
独自暗中明
——咏萤诗欣赏

“月明敢向星中乱，云黑偏能雨里飞。”萤昼伏夜动，熠熠生辉，景天晖夜，素有“夜光”之称。古人常取萤置于囊中以照明。昔车武子好学不倦，家贫不常得油，夏日用练囊装十数萤火，映书诵读，以夜继日焉。历代诗人也写下不少咏萤诗。这些诗篇，就萤火而吟咏，或绘其形神，或赞其品质，或寄托抒怀。

萧绎的“到来灯下暗，翻往雨中然”，诗句与韦应物“度月影才敛，绕竹光复流”的诗句都工于描摹，把萤火明暗光彩，写得极为真切生动。其中“雨中然”“光复流”两句的曲喻描写，给人印象极为鲜明。火可燃，然而火难以在雨中燃；萤如火，却又能在雨中燃。“雨中然”，不仅描摹了萤如火的形象，而且写出萤之特性，在雨中飞舞如火。三个字再现了萤之生动光亮之姿。“光复流”同“雨中然”一样，不仅形容萤如光，而且说出如流动之光，再加上与“影才敛”一暗一明的对比，其生动更是跃然纸上。萧纲在《咏萤诗》中也有类似的描写，“腾空类星陨，拂树若花生”，其夸张比喻更甚于以上两诗。

在咏萤诗中，还有一些诗句写得微含寄寓，如萧纲“逢君拾光彩，不吝此生轻”，陈去非“不畏月明见陋质，但畏风雨难为光”，这些诗句都赞美了萤火虫为他人发光照明、不惜献身的品质。其中寄寓了对人格品质之褒赞，读之令人深思联想。

在咏萤诗中一些借咏萤寄托抒怀之作也写得较有特色。“的历流光小，飘摇弱翅轻。恐畏无人识，独自暗中明。”虞世南的《咏萤》是一首托物寓意的小诗，其风格特色与他的咏《蝉》名诗相似，咏物不即不离，寓托遥深。最后两句是全篇比兴寄托的点睛之笔，带有自喻之意。“幸因腐草出，敢近太阳飞。未足临书卷，时能点客衣。随风隔幔小，带雨傍林微。十月清霜重，飘零何处归。”杜甫这首《萤火诗》在对萤火虫形象刻画中，透露着一股悲凉气氛。诗中“隔幔小”“傍林微”诗句，给人以萤虫弱小、不堪风雨之感。诗的最后两句感叹霜秋将临，萤虫飘零无处可归。在诗人怜萤伤秋的悲叹中，寄托了诗人的无限感伤之情。

鱼

白小

〔唐〕杜甫

白小群分命〔1〕，天然二寸鱼。
细微霑水族〔2〕，风俗当园蔬〔3〕。
入肆银花乱〔4〕，倾筐雪片虚。
生成犹拾卵〔5〕，尽取义何如？

【注释】

〔1〕白小：鱼名，即今面条鱼。群分命：即物以群分。

〔2〕霑：亦作“沾”。水族：统称生活在水中的动物。

〔3〕园蔬：园地里的蔬菜，此是把白小当蔬。《宾退录·靖州图经》载：其俗居丧，不食酒肉盐酪，而以鱼为蔬。今湖北多然，谓之鱼菜。夔（夔州）与湖北为邻，故云。

〔4〕“入肆”两句：这两句是形容白小其白。肆，市集贸易之处筐，一作“箱”。

〔5〕拾：一作“捨”，捨弃。

鲤 鱼

〔唐〕章孝标

眼似真珠鳞似金，时时动浪出还沉。
浪中得上龙门去[1]，不叹江河岁月深。

【注释】

〔1〕龙门：《艺交类聚·三秦记》："河津一名龙门，大鱼积数千不得上，上者为龙，不上者（鱼），故云曝鳃龙门。"浪中，一作"河中"。

小 鱼

〔唐〕庐纶

莲花影里暂相离，才出浮萍值罟师[1]。
上得龙门还失浪[2]，九江何处是归期[3]。

【注释】

〔1〕值罟（gǔ）师：指众鱼落入渔夫的罗网。值，相遇。罟，罗网。师，水师，当指渔夫。

〔2〕失：作动词用，意为"被浪击败"。

〔3〕九江：泛指长江水系的九条河，说法不一。

观鱼轩诗

〔宋〕韩琦

雨过方塘碧涨秋，观鱼亭槛俯临流[1]。
时看隐荇骈头戏[2]，忽见开萍作队游。
喜掷舟前翻乱锦[3]，静潜波下起圆沤[4]。
吾心大欲同斯乐[5]，肯插�竿饵钓钩[6]？

【注释】

〔1〕俯：向下看。

〔2〕荇（xìng）：即荇菜，亦作"莕菜"，又名接余，水生植物，白茎，叶紫赤色，正圆，径寸余，浮在水上，骈（pián）头：头对头，形容鱼多拥挤。

〔3〕掷（zhì）：跳跃。

〔4〕圆沤（ōu）：圆气泡。

〔5〕斯：此。

〔6〕筠竿：竹竿。

四时田园杂兴

〔宋〕范成大

海雨江风浪作堆，时新鱼菜逐春回[1]。
荻芽抽笋河鲀上[2]，楝子开花石首来[3]。

【注释】

〔1〕时新：指应时节新上市的货品。《清嘉录》：“蔬果鲜鱼诸品，应候迭出，市人担卖，四时不绝於市，而夏尤盛，是为‘卖时新’。”正指此。逐春回：随着季节而回来。

〔2〕荻（dí）：草名。叶较芦稍润而韧。河鲀（tún屯）：即河豚，鱼名，大腹无鳞，味美，四五月间产卵，在此期卵巢及肝脏有剧毒。

〔3〕楝（liàn）子：木名。罗愿《尔雅翼·释木·楝》：“楝木高丈余，叶密如槐而尖，三四月开花。红紫色，芬香满庭，其实如小铃，至熟则黄，俗谓之苦楝子，亦曰金铃子。”石首：鱼名，即黄花鱼。相传吴王征讨东夷，入海据沙州，粮不得渡，后食鱼代粮，归后不知其鱼名，见脑中有骨如白石，遂称之石首鱼。

金　鱼

〔明〕瞿佑

逐队随群乐自如，桃花浪暖变形躯。
散如万点流星迸，聚似三春濯锦舒〔1〕。
玉带高悬知陛见，紫囊同赐忆朝除〔2〕。
池中有此称三宝，须备神龙攫火珠〔3〕。

【注释】

〔1〕三春：春季三个月。农历正月称孟春，二月称仲春，三月称季春，合称三春。濯（zhuó）锦：美而洁净的锦绣。

〔2〕玉带、紫囊：皆金鱼的类别，其形体似玉带、紫囊。玉带，借指君王所佩。紫囊，借指古亲王及三品以上官员所穿的紫色衣袍。紫衣袍为君王所赐，故称。朝除：指在朝中拜官受职。

〔3〕攫（jué）：用爪抓取，引申为夺取。

金　鱼

〔明〕朱之蕃

谁染银鳞琥珀浓[1]，光摇鬐鬣映芙蓉[2]。
清池跃处桃生浪，绿藻分开金在熔[3]。
丙穴灵源随地涌[4]，离宫正色自天钟[5]。
群鱼漫尔同游泳，伫见飞空化赤龙[6]。

【注释】

〔1〕琥珀：松柏树脂的化石。色黄褐或红褐，燃烧时有香气。红者曰琥珀。此指红色的金鱼。

〔2〕鬐鬣（qí liè）：指鱼的脊鬐。

〔3〕绿藻：水草。熔：销熔，引申为融化。金：指金鱼的颜色。

〔4〕丙穴：地名。在今陕西略阳县东南，与勉县接境。《文选·蜀都赋》："嘉鱼出于丙穴，良木攒於褒谷。"

〔5〕离宫：古代帝王于正式宫殿之外别筑宫室，谓之离宫，言与正式宫殿分离。

〔6〕伫（zhù）：久立而等待。

浪中得上龙门去
不叹江河岁月深

——咏鱼诗欣赏

在我国很早以前，就有了钓鱼、养鱼的风俗爱好。人们还逐渐地把食鱼培养成为观赏之鱼。宋代《桯史》记载：“今中都有豢（喂养）鱼者，能变鱼作金鱼。鲫为上，鲤次之。贵游多凿石为池，置之帘牖（窗）间，以供玩。问其术，秘不肯言。或云：以阛市洿渠之小红虫饲，未暇验其信否也。又别有雪质而黑章，的烁若漆曰玳瑁鱼，文采尤可观……”养鱼观鱼，吟咏赋诗也是一些文人们的爱好。《韵语阳秋》记载这样两件趣事：临安六和寺后池有鲫鱼、金鱼。苏子美诗云：“沿桥待金鲫，竟日独淹留。盖其出有时也。自子美后四十年，东坡始游此寺，尝投饼饵以待，略出，不食复入。”东坡曰：“此鱼难进易退，而不妄食，宜其寿四十年如此。”凡此种种都可以窥见人们对养鱼观鱼的雅兴。

鱼在诗人笔下被描摹得十分可爱动人，“逐队随群乐自如，桃花浪暖变形躯。散如万点流星进，聚似三春濯锦舒。”从这些诗句中，我们仿佛看到成群的金鱼戏嬉相逐，忽儿散如流星，忽儿聚似锦舒，在清流暖水之中快乐自如地游来游去。

“雨过方塘碧涨秋，观鱼亭槛俯临流。时看隐荇骈头戏，忽见开萍作队游。喜掷舟前翻乱锦，静潜波下起圆沤。吾心大欲同斯乐，肯插筠竿饵钓钩？”韩琦这首诗写观鱼时所见所感，描绘句生动逼真，抒情句自然亲切。诗的前两句直接叙写诗人在雨后初晴来到碧塘，登观鱼亭俯赏清水鱼儿。接下四句诗则从几个侧面描摹鱼儿的形姿动态。忽儿隐荇下骈头相戏，忽儿开萍聚对相游，忽儿舟前如锦翻动，忽儿波下静潜泛起圈圈圆沤。这鱼儿被描绘得栩栩如生，笔笔都跳动着活泼欢快的气息。面对如此自由自在、欢快游乐的鱼儿，诗人不由得发出“吾心大欲同斯乐，肯插筠竿饵钓钩？”的感悟。这里不仅表露出诗人对鱼儿的爱赏，也浸透着鱼儿给诗人所带来的欢乐。

在咏鱼诗中，还有一些借咏鱼而寄托感怀的诗篇。这些诗作咏物生动，寓意深致。“眼似真珠鳞似金，时时动浪出还沉。浪中得上龙门去，不叹江河岁月深。”章孝标这首《鲤鱼》诗写得既生动逼真，又精炼含蓄。第一笔写鲤鱼形态。以真珠喻其眼，以金喻其鳞，比喻贴切形象，点染出鲤鱼的丰彩形姿。第二笔写鲤鱼神姿，其动浪上下，沉浮腾跃，显出了一种劲健的风姿神韵。诗的后两句浑然而有气势，诗句中隐含着一番深意。诗人借鲤鱼上龙门描叙议论，寄托了豁达的襟怀和远大的抱负，这里咏物不即不离，抒怀精深含蓄。

“白小群分命，天然二寸鱼。细微霑水族，风俗当园蔬。入肆银花乱，倾筐雪片虚。生成犹拾卵，尽取义何如？”杜甫这首《白小》诗是借咏白小鱼而兴讥讽之意。此诗中间四句是描写句。前两句形容白小鱼的细小众多，后两句形容白小鱼银白之色。诗的开头两句和结尾两句叙述兼议论，叙其“群分”之命应造物“生成”，借白小之细微众多，讽刺拾卵而尽取之人不义不仁，感慨世道之艰难，其语松秀而意义深沉，体物精妙，命意深远。

名句欣赏

一画

一川松竹任横斜。有人家，被云遮。雪后疏梅、时见两三花。

〔宋〕辛弃疾《江城子》

一片花飞减却春，风飘万点正愁人。

〔唐〕杜甫《曲江》二首之一

一片晕红才着雨，几丝柔柳乍和烟，倩魂销尽夕阳前！

〔清〕纳兰性德《浣溪沙·西郊冯氏看海棠，因忆香严词有感》

一叫一回肠一断，三春三月忆三巴。

〔唐〕李白《宣城见杜鹃花》

一声梧叶一声秋，一点芭蕉一点愁，三更归梦三更后。

〔元〕徐再思《双调水仙子·夜雨》

一声羌笛无人见，无数梅花落野桥。

〔元〕王冕《梅花》

一夜绿荷霜剪破，赚他秋雨不成珠。

〔唐〕来鹄《偶题》二首之一

一夜东风破石裂，半随飞雪渡关山。

〔宋〕苏轼《梅花》

一骑红尘妃子笑，无人知是荔枝来。

〔唐〕杜牧《过华清宫三绝句》

一枝红艳露凝香，云雨巫山枉断肠。

〔唐〕李白《清平调词》三首之二

一树春风千万枝，嫩于金色软于丝。

〔唐〕白居易《杨柳枝词》

一树梨花一溪月，不知今夜属何人。

〔唐〕无名氏《杂诗》

一陂春水绕花身，花影妖娆各占春。纵被东风吹作雪，绝胜南陌碾作尘。

〔宋〕王安石《北陂杏花》

一生自猎知无敌，百中争能耻下鞲。

〔唐〕杜甫《白鹰》

一双幽色出凡尘，数粒秋烟二尺鳞。从此静窗闻细韵，琴声长伴读书人。

〔唐〕李群玉《书院二小松》

一身烂漫文章多，引声笙竽奈老何。

〔宋〕梅尧臣《赋孔雀送魏殊》

二画

二十四桥千步柳，春风十里上珠帘。

〔宋〕韩琦《淮扬好》

人归落雁后，思发在花前。

〔隋〕薛道衡《人日思归》

人似秋鸿来有信，事如春梦了无痕。

〔宋〕苏轼《与潘郭二生同游忆去岁旧迹》

人怜红艳多应俗，天与清香似有私。

〔宋〕林逋《梅花》

人静鸟鸢自乐，小桥外，新绿溅溅。

〔宋〕周邦彦《满庭芳》

人怜巧语情虽重，鸟忆高飞意不同。

〔唐〕白居易《鹦鹉》

人闲桂花落，夜静春山空。月出惊山鸟，时鸣春涧中。

〔唐〕王维《鸟鸣涧》

人间四月芳菲尽，山寺桃花始盛开。长恨春归无觅处，不知转入此中来。

〔唐〕白居易《大林寺桃花》

几处早莺争暖树，谁家新燕啄春泥。

〔唐〕白居易《钱塘湖春行》

几度送风临玉户，一时传喜到妆台。

〔唐〕韩溉《鹊》

三画

大都一点宫黄，人间直恁芬芳。怕是秋天风露，染教世界都香。

〔宋〕辛弃疾《清平乐·谢叔良惠木犀》

大鹏一日同风起，扶摇直上九万里。假令风歇时下来，犹能簸却沧溟水。

〔唐〕李白《上李邕》

万声千噪几曾验，闻者终是轩眉头。

〔宋〕李觏《闻喜鹊》

万里秋风天外意，日斜闲啄岸边苔。

〔宋〕欧阳修《鹤》

万倾湖天碧，一星飞鹭白。

〔唐〕皮日休《秋江晓望》

万壑树参天，千山响杜鹃。

〔唐〕王维《送梓州李使君》

万里寒空只一日，金眸玉爪不凡材。

〔唐〕杜甫《黑鹰》

山川满目泪沾衣，富贵荣华能几时？不见只今汾水上，唯有年年秋雁飞。

〔唐〕李峤《汾阳行》

山川尽春色，呜咽复谁论？

〔唐〕杜牧《杜鹃》

山中人兮芳杜若，饮石泉兮荫松柏。

《楚辞·九歌·山鬼》

山中旭日林中鸟，衔出相思二月天。

〔清〕郑燮《折枝兰》

山气日夕佳，飞鸟相与还。

〔晋〕陶潜《饮酒》二十首之五

山风起寒木，野雀乱秋榛。

〔南朝·梁〕柳恽《奉和竟陵王经刘瓛墓下》

山石荦确行径微，黄昏到寺蝙蝠飞。

〔唐〕韩愈《山石》

山寺归来闻好语，野花啼鸟亦欣然。

〔宋〕苏轼《归宜兴留题竹西寺》

山光悦鸟性，潭影空人心。

〔唐〕常建《题破山寺后禅院》

山花如绣颊，江水似流萤。

〔唐〕李白《夜下征虏亭》

山花照坞复烧溪，树树枝枝尽可迷。

〔唐〕钱起《山花》

山重水复疑无路，柳暗花明又一村。

〔宋〕陆游《游西山村》

山城过雨百花尽，榕叶满庭莺乱啼。

〔唐〕柳宗元《柳州榕叶落尽偶题》

千丝碧藕玲珑腕，一卷芭蕉宛转心。

〔清〕吴伟业《无题》四首之一

千言万语无人会，又逐流莺过短墙。

〔唐〕郑谷《燕诗》

千里莺啼绿映红，水村山郭酒旗风。南朝四百八十寺，多少楼台烟雨中。

〔唐〕杜牧《江南春绝句》

千里稻花应秀色，五更桐叶最佳音。

〔宋〕曾几《苏秀道中自七月廿五日夜大雨之日，秋苗以苏，喜而有作》

千林扫作一番黄，只有芙蓉独自芳。唤作拒霜知未称，看来却是最宜霜。

〔宋〕苏轼《和陈达古拒霜花》

千林风雨莺求友，万里云天雁断行。

〔宋〕黄庭坚《宜阳别元明用觞字韵》

小姑贪戏采莲迟，晚来弄水船头湿，更脱红裙裹鸭儿。

〔唐〕皇甫松《采莲子》

小荷才露尖尖角，早有蜻蜓立上头。

〔宋〕杨万里《小池》

小院回廊春寂寂，浴凫飞鹭晚悠悠。

〔唐〕杜甫《涪城县香积寺官阁》

小楼一夜听春雨，深巷明朝卖杏花。

〔宋〕陆游《临安春雨初霁》

飞絮落花时候，一登楼，便做春江都是泪，流不尽，许多愁。

〔宋〕秦观《江城子》

于今腐草无萤火，终古垂杨有暮鸦。

〔唐〕李商隐《隋宫》

夕阳薰细草，江色映疏帘。

〔唐〕杜甫《晚晴》

已负栋梁质，肯为儿女姿。

〔宋〕苏轼《和黄鲁直效进士作二首·岁寒知松柏》

四画

无限野花开不得，半山寒色与春争。

〔唐〕裴说《春日山中竹》

无奈灵和标格在，春来依旧袅长条。

〔唐〕韩偓《咏柳》

无可奈何花落去，似曾相识燕归来。小园香径独徘徊。

〔宋〕晏殊《浣溪沙》

无情最是台城柳，依旧烟笼十里堤。

〔唐〕韦庄《台城》

无边落木萧萧下，不尽长江滚滚来。

〔唐〕杜甫《登高》

无意苦争春，一任群芳妒。

〔宋〕陆游《卜算子·咏梅》

无数塞鸿飞不度，秋风卷入小单于。

〔唐〕李益《听晓角》

无赖杏花多意绪，数枝穿翠好相容。

〔唐〕郑谷《咏竹》

天迥云垂草，江容雪覆沙。野梅烧不尽，时见两三花。

〔明〕刘基《古戍》

天然韶雅性，不愧知音识。

〔唐〕戴叔伦《咏梧桐》

天高云闲，列长空数行新雁。御园中秋色斓斑；柳添黄，蘋减绿，红莲脱瓣。一抹雕阑，喷清香桂花初绽。

〔清〕洪昇《长生殿·惊变》

天上碧桃和露种，日边红杏倚云栽。

〔唐〕高蟾《下第后上永崇高侍郎》

天街小雨润如酥，草色遥看近却无。

〔唐〕韩愈《早春呈水部张十八员外》二首其一

天风无际路茫茫，老作月王风露郎。只把千樽为月俸，为嫌铜臭杂花香。

〔宋〕陆游《梦中荷花万顷中》

天憎梅浪发，故下封枝雪。

〔宋〕周邦彦《菩萨蛮·梅雪》

天意怜幽草，人间重晚晴。

〔唐〕李商隐《晚晴》

不向东山久，蔷薇几度花！白云还自散，明月落谁家？

〔唐〕李白《忆东山》二首之一

不知近水花先发，疑是经冬雪未销。

〔唐〕张渭《早梅》

不须长结东风愿，秋菊春兰各有香。

〔宋〕宋祁《蝶》

不肯画堂朱户，春风自在杨花。

〔宋〕王安石《清平乐》

不要人夸好颜色，只留清气满乾坤。

〔元〕王冕《墨梅》

不畏月明见陋质，但畏风雨难为光。

〔唐〕陈去非《萤火》

不是花中偏爱菊，此花开尽更无花。

〔唐〕元稹《菊花》

不是爱风尘，似被前缘误，花落花开自有时，总是东君主，去也终须去，住也如何住。若得山花插满头，莫问奴归处。

〔宋〕严蕊《卜算子》

不学梅欺雪，轻红照碧池。小桃新谢后，双燕却飞时。

〔唐〕郑谷《咏杏花》

不论平地与山尖，无限风光尽被占。采得百花成蜜后，为谁辛苦为谁甜？

〔唐〕罗隐《蜂》

木末芙蓉花，山中发红萼。涧户寂无人，纷纷开且落。

〔唐〕王维《辛夷坞》

木落江渡寒，雁还风送秋。

〔南朝·宋〕鲍照《登黄鹤矶》

中庭月色正清明，无数杨花过无影。

〔宋〕张先《木兰花》

中庭地白树栖鸦，冷露无声湿桂花。今夜月明人尽望，不知秋思落谁家。

〔唐〕王建《十五日夜望月寄杜郎中》

日日锦江呈锦样，清溪倒照映山红。

〔宋〕杨万里《杜鹃花》

日暖风轻言语软，应将喜报主人知。

〔宋〕欧阳修《野鹊》

日出远岫明，鸟散空林寂。

〔隋〕杨素《山斋独坐赠薛内史》二首之一

日暮长江里，相邀归渡头。落花如有意，来去逐船流。

〔唐〕储光羲《江南曲》

日啖荔枝二百颗，不辞长作岭南人。

〔宋〕苏轼《食荔枝》二首其二

今年花胜去年红，可惜明年花更好，知与谁同？

〔宋〕欧阳修《浪淘沙》

今日栏边见颜色，梦魂不复过西州。

〔宋〕韩维《展红亭海棠》四首之一

今夜偏知春气暖，虫声新透绿窗纱。

〔唐〕刘方平《夜月》

升堂坐阶新雨足，芭蕉叶大支子肥。

〔唐〕韩愈《山石》

月色溶溶夜，花阴寂寂春。

〔金〕董解元《西厢记》

月明星稀，乌鹊南飞。绕树三匝，何枝可依？

〔三国·魏〕曹操《短歌行》二首之一

月明汉水初无影，雪满梁园尚未归。柳絮池塘香入梦，梨花庭院冷侵衣。

〔明〕袁凯《白燕诗》

月落乌啼霜满天，江枫渔火对愁眠。姑苏城外寒山寺，夜半钟声到客船。

〔唐〕张继《枫桥夜泊》

月黑雁飞高，单于夜遁逃。欲将轻骑逐，大雪满弓刀。

〔唐〕卢纶《和张仆射塞下曲》

风入寒松声自古，水归沧海意皆深。

〔唐〕刘威《欧阳示新诗因贻四韵》

风老莺雏，雨肥梅子，午阴嘉树清圆。

〔宋〕周邦彦《满庭芳》

风含翠筱娟娟静，雨裛红蕖冉冉香。

〔唐〕杜甫《狂夫》

风暖鸟声碎，日高花影重。

〔唐〕杜荀鹤《春宫怨》

风翻白浪花千片，雁点青天字一行。

〔唐〕白居易《江楼晚眺，景物鲜奇，
吟玩成篇，寄水部张籍员外》

风鸣两岸叶，月照一孤舟。

〔唐〕孟浩然《宿桐庐江寄广陵旧游》

火力不能销地力，乱前黄菊眼前开。

〔唐〕郑谷《初还京师寓上府署偶题屋壁》

火云满山凝未开，飞鸟千里不敢来。

〔唐〕岑参《火山云歌送别》

火树银花合，星桥铁锁开。

〔唐〕苏味道《正月十五夜》

心同野鹤与尘远，诗似冰壶见底清。

〔唐〕韦应物《赠王侍御》

心若垂杨千万缕，水阔花飞，梦断巫山路。

〔五代·南唐〕冯延巳《鹊踏枝》

水边杨柳绿丝垂，倒影奇峰坠。

〔元〕王恽《越调平湖乐》十首之九

水曲山隈四五家，夕阳烟火隔芦花。

〔宋〕徐积《渔父乐》

水清石出鱼可数，林深无人鸟相呼。

〔宋〕苏轼《腊月游孤山访惠勤、惠思二僧》

水涵空，阑干高处，送乱鸦斜日落渔汀。连呼酒上琴台去，秋与云平。

〔宋〕吴文英《八声甘州·陪庾幕诸公游灵岩》

水仙欲上鲤鱼去，一夜芙蓉红泪多。

〔唐〕李商隐《板桥晓别》

水晶帘动微风起，满架蔷薇一院香。

〔唐〕高骈《山亭夏日》

水殿清风玉户开，飞光千点去还来。无风无月长门夜，偏到阶前点绿苔。

〔唐〕罗邺《咏萤》二首其一

水深鱼极乐，林茂鸟知归。

〔唐〕杜甫《秋野》

水蓼冷花红簇簇，江篱湿叶碧凄凄。

〔唐〕白居易《竹枝词》

为问同怀者，凄凉听几声。

〔唐〕司空曙《新蝉诗》

为问寒沙新到雁，来时还下杜陵无？

〔唐〕杜牧《秋浦途中》

为爱名花抵死狂，只愁风日损红芳。绿章夜奏通明殿，乞借春阴护海棠。

〔宋〕陆游《花时遍游诸家园》

劝君不用分明语，语得分明出转难。

〔唐〕罗隐《鹦鹉》

王孙莫把比蓬蒿，九日枝枝近鬓毛。露湿秋香满池岸，由来不羡瓦松高。

〔唐〕郑谷《菊》

五月榴花照眼明，枝间时见子初成。可怜此地无车马，颠倒青苔落绛英。

〔唐〕韩愈《榴花》

爪毛吻血百鸟逝，独立四顾时激昂。

〔唐〕柳宗元《笼鹰词》

五画

正是江南好风景，落花时节又逢君。

〔唐〕杜甫《江南逢李龟年》

正是西风花落尽，不知何处认啼痕。

〔唐〕吴融《秋闻子规》

玉容寂寞泪阑干，梨花一枝春带雨。

〔唐〕白居易《长恨歌》

玉露凋伤枫树林，巫山巫峡气萧森。

〔唐〕杜甫《秋兴八首》之一

古墓犁为田，松柏摧为薪。白杨多悲风，萧萧愁杀人。

〔汉〕无名氏《古诗·去者日已疏》

去年元夜时，花市灯如昼。月到柳（一作“上”）梢头，人约黄昏后。

〔宋〕欧阳修《生查子》

去年今日此门中，人面桃花相映红。人面不知何处去，桃花依旧笑春风。

〔唐〕崔护《题都城南庄》

去年花里逢君别，今日花开已一年。

〔唐〕韦应物《寄李儋元锡》

去年春恨却来时，落花人独立，微雨燕双飞。

〔宋〕晏几道《临江仙》

去来要自知时节，尝怪人嘲作附炎。

〔宋〕陆游《燕诗》

未若柳絮因风起。

〔晋〕谢道韫《咏雪联句》

甘瓜抱苦蒂，美枣生荆棘。

〔汉〕无名氏《古诗·甘瓜抱苦蒂》

东风夜放花千树，更吹落，星如雨。

〔宋〕辛弃疾《青玉案》

东风柳线长。

〔南朝·梁〕范云《送别》

东风弄巧补残山，一夜吹添玉数竿。半脱锦衣犹半著，箨龙未信怯春寒。

〔宋〕杨万里《新竹》

东风摇曳垂杨线，游丝牵惹桃花片，珠帘掩映芙蓉面。

〔元〕王实甫《西厢记》第一本第一折

东风袅袅泛崇光，香雾空濛月转廊。只恐夜深花睡去，故烧高烛照红妆。

〔宋〕苏轼《海棠》

可堪孤馆闭春寒，杜鹃声里斜阳暮。

〔宋〕秦观《踏莎行》

归入故园尝识主，如今社日远看人。

〔唐〕杜甫《燕子来舟中作》

旧时王谢堂前燕，飞入寻常百姓家。

〔唐〕刘禹锡《乌衣巷》

归棹晚，载荷花十里，一钩新月。

〔宋〕黄裳《喜迁莺·端午泛湖》

北望燕云不尽头，大江东去水悠悠。夕阳一片寒鸦外，目断东南四百州。

〔宋〕汪元量《湖州歌》

叶上初阳乾宿雨，水面清圆，一一风荷举。

〔宋〕周邦彦《苏幕遮》

叶枯红藕，条疏青柳。淅剌剌，满处西风，都送与愁人消受。

〔清〕洪昇《长生殿·得信》

卢家少妇郁金堂，海燕双栖玳瑁梁。九月寒砧催木叶，十年征戍忆辽阳。

〔唐〕沈佺期《古意呈补阙乔知之》

只有小桥杨柳外，杏花未肯放春归。

〔宋〕方岳《春晚》

只有一枝梧叶，不知多少愁声。

〔宋〕张炎《清平乐》

只余欧鹭无拘管，北去南来自在飞。

〔宋〕杨万里《初入淮河四绝句》

出山回望云木合，但见野鹘盘浮图。

〔宋〕苏轼《腊月游孤山访惠勤、惠思二僧》

目送归鸿，手挥五弦。

〔三国·魏〕嵇康《赠秀才入军》十九首之十四

他日差池春燕影，只今憔悴晚烟痕。

〔清〕王士祯《秋柳》四首之一

他年我若为青帝，报与桃花一处开。

〔唐〕黄巢《题菊花》

他年绛雪映红云，丁宁风与月，记取种花人。

〔宋〕刘克庄《临江仙·县圃种花》

丛菊两开他日泪，孤舟一系故园心。

〔唐〕杜甫《秋兴》八首之一

丛篁密筱遍抽新，碎剪春愁满江绿。

〔清〕郑燮《为黄陵女道士画竹》

鸟飞反故乡兮，狐死必首丘。

《楚辞·九章·哀郢》

鸟去鸟来山色里，人歌人哭水声中。

〔唐〕杜牧《题宣州开元寺水阁阁下宛溪夹溪居人》

鸟归沙有迹，帆过浪无痕。

〔唐〕贾岛《登江亭晚望》

鸟尽良弓藏，谋极身必危。

〔三国·魏〕嵇康《赠秀才入军》十九首之十九

鸟宿池边树，僧敲月下门。

〔唐〕贾岛《题李凝幽居》

鸟啼花落人何在，竹死桐枯凤不来。

〔唐〕崔珏《哭李商隐》其二

写不成书，只寄得相思一点。

〔宋〕张炎《解连环·孤雁》

写取一枝清瘦竹，秋风江上作渔竿。

〔清〕郑燮《予告归里，画竹别潍县绅士民》

宁与黄鹄比翼乎？将与鸡鹜争食乎？

《楚辞·卜居》

宁与燕雀翔，不随鸿鹄飞。

〔三国·魏〕阮籍《咏怀》八十二首之八

宁可枝头抱香死，何曾吹落北风中。

〔宋〕郑思肖《寒菊》

宁作野中之双凫，不愿云间之别鹤。

〔南朝·宋〕鲍照《拟行路难》十八首之三

打起黄莺儿，莫教技上啼。

〔唐〕金昌绪《春怨》

乐意相关禽对语，生香不断树交花。

〔宋〕石曼卿《题章氏园亭诗》

本以高难饱，徒劳恨费声。

〔唐〕李商隐《蝉》

白发悲花落，青云羡鸟飞。

〔唐〕岑参《寄左省杜拾遗》

白鸥没浩荡，万里谁能驯。

〔唐〕杜甫《奉赠韦左丞丈二十二韵》

仙掌月明孤影过，长门灯暗数声来。

〔唐〕杜收《早雁》

外布芳菲虽笑日，中含芒刺欲伤人。

〔唐〕陆龟蒙《蔷薇》

田田多少，几回沙际归路？

〔宋〕姜夔《念奴娇》

乍依菱蔓聚，尽向芦花灭。更喜好风来，数片飘晴雪。

〔唐〕钱起《戏鸥歌》

长风剪不断，还在树枝间。

〔唐〕卢仝《新蝉》

长沟流月去无声，杏花疏影里，吹笛到天明。

〔宋〕陈与义《临江仙一夜登小阁，忆洛中旧游》

长风吹白茅，野火烧枯桑。

〔唐〕岑参《至大梁却寄匡城主人》

处处定知秋后别，年年长向社前逢。

〔宋〕王安石《燕诗》

平川十里人归晚，无数牛羊一笛风。

〔明〕杨基《春草诗》

立如依岸雪，飞似向池泉。江海虽言旷，无如君子前。

〔唐〕储光羲《池边鹤》

六画

西城杨柳弄春柔，动离忧，泪难收。犹记多情，曾为系归舟。

〔宋〕秦观《江城子》

西风初入小溪帆，旋织波纹绉浅蓝。行到闹红无水面，红莲沉醉白莲酣。

〔宋〕范成大《立秋后二日泛舟越来溪》

西塞山前白鹭飞，桃花流水鳜鱼肥。青箬笠，绿蓑衣，斜风细雨不须归。

〔宋〕张志和《渔父》

有风传雅韵，无雪试幽姿。

〔唐〕李商隐《高松》

有情芍药含春泪，无力蔷薇卧晓枝。

〔宋〕秦观《春日》

夹道朱楼一径斜，王孙初御富平车。青溪尽是辛夷树，不及东风桃李花。

〔清〕孔尚任《桃花扇·眠香》

过雨樱桃血满枝，弄色奇花红间紫。

〔金〕董解元《西厢记》

当年不肯嫁春风，无端却被秋风误。

〔宋〕贺铸《踏莎行》

当荣君不采，飘落欲何依。

〔唐〕李白《感遇诗》

早知半路应相失，不如从来本独飞。

〔南朝·梁〕萧纲《夜望单飞雁》

竹叶于人既无分，菊花从此不须开。

〔唐〕杜甫《九日》

竹外桃花三两枝，春江水暖鸭先知。

〔宋〕苏轼《惠崇春江晚景》

竹喧归浣女，莲动下渔舟。

〔唐〕王维《山居秋冥》

年年岁岁花相似，岁岁年年人不同。

〔唐〕刘希夷《代悲白头翁》

年年柳色，霸陵伤别。

〔唐〕李白《忆秦娥》

年年花落无人见，空逐春泉出御沟。

〔唐〕司马札《富怨》

伤心桥下春波绿，曾是惊鸿照影来。

〔宋〕陆游《沈园》二首之一

似火山榴映小山，繁中能薄艳中闲。一朵佳人玉钗上，只疑烧却翠云鬟！

〔唐〕杜牧《山石榴》

似花还似非花，也无人惜从教坠。

〔宋〕苏轼《水龙吟》

似共东风解相识，一枝先已破春寒。

〔明〕张新《山茶花》

自去自来堂上燕，相亲相近水中鸥。

〔唐〕杜甫《江村》

自家飞絮犹无定，争解垂丝绊路人？

〔唐〕罗隐《柳》

自春来，惨绿愁红，芳心是事可可，日上花稍，莺穿柳带，犹压香衾卧。

〔宋〕柳永《定风波》

自是桃花贪结子，错教人恨五更风。

〔唐〕王建《宫词》一百首其一

自有凌冬质，能守岁寒心。

〔北周〕李元操《园中杂咏橘诗》

会得离人无限意，千丝万絮惹春风。

〔唐〕郑谷《柳》

众鸟高飞尽，孤云独去闲。

〔唐〕李白《独坐敬亭山》

众芳摇落独暄妍，占尽风情向小园。疏影横斜水清浅，暗香浮动月黄昏。

〔宋〕林逋《山园小梅》

多少绿荷相倚恨，一时回首背西风。

〔唐〕杜牧《齐安郡中偶题》二首之一

冲天香阵透长安，满城尽带黄金甲。

〔唐〕黄巢《不第后赋菊》

江上柳如烟，雁飞残月天。

〔唐〕温庭筠《菩萨蛮》

江浦寒鸥戏，无他也自饶。却思翻玉羽，随意点春苗。

〔唐〕杜甫《鸥》

江汉光翻千里雪，桂花香动万山秋。

〔明〕谢榛《中秋宴集》

江南逢巧笑，龋齿向人开。

〔清〕吴伟业《石榴》

江南有丹橘，经冬犹绿林。岂伊地气暖？自有岁寒心。

〔唐〕张九龄《感遇》十二首之七

江碧鸟逾白，山青花欲燃。

〔唐〕杜甫《绝句》二首其二

江山如有待，花柳自无私。

〔唐〕杜甫《后游》

池面风来波艳艳，陂间露下叶田田。谁与水上张青盖，罩却红妆吐彩莲。

〔宋〕欧阳修《莲》

池上碧苔三四点，叶底黄鹂一两声。日长飞絮轻。

〔宋〕晏殊《破阵子》

池塘生春草，园柳交鸣禽。

〔南朝·宋〕谢灵运《登池上楼》

关关雎鸠，在河之洲。窈窕淑女，君子好逑。

《诗·周南·关雎》

阳春二三月，草与水同色。

〔晋〕乐府古辞《孟珠》

红豆生南国，春来发几枝？愿君多采撷，此物最相思。

〔唐〕王维《相思》

红莲相倚浑如醉，白鸟无言定自愁。

〔宋〕辛弃疾《鹧鸪天·鹅湖归·病起作》

红树青山日欲斜，长郊草色绿无涯。游人不管春将老，来往亭前踏落花。

〔宋〕欧阳修《丰乐亭游春》

红树醉秋色，碧溪弹夜弦。

〔唐〕湘驿女子《题玉泉溪》

红入桃花嫩，青归柳叶新。

〔唐〕杜甫《春宿左省》

兴阑啼鸟散，坐久落花多。

〔唐〕王维《过杨氏别业》

尽日无人看微雨，鸳鸯相对浴红衣。

〔唐〕杜牧《齐安郡后池绝句》

行到中庭数花朵，蜻蜓飞上玉搔头。

〔唐〕刘禹锡《和乐天春词》

庄生晓梦迷蝴蝶，望帝春心托杜鹃。

〔唐〕李商隐《锦瑟》

向人自有无言意，倾国天教抵死香。

〔宋〕王安石《梅花诗》其三

向晚谁争艳，酡颜浅作红。

〔宋〕宋景文《芙蓉》

朱霞焰焰山枝动，绿野声声杜宇来。

〔唐〕徐凝《杜鹃花》

共喜巧回春，不妨闲弄影。

〔宋〕杨万里《木芙蓉》二首其一

如何肯到清秋日，已带斜阳又带蝉。

〔唐〕李商隐《柳》

如今漫学人言巧，解语终须累尔身。

〔唐〕裴夷直《鹦鹉》

百花长恨风吹落，唯有杨花独爱风。

〔唐〕吴融《杨花》

传情每向馨香得，不语还应彼此知。

〔唐〕薛涛《牡丹》

七画

远上寒山石径斜，白云生处有人家。停车坐爱枫林晚，霜叶红于二月花。

〔唐〕杜牧《山行》

远树暧阡阡，生烟纷漠漠。鱼戏新荷动，鸟散余花落。

〔南朝·齐〕谢朓《游东田》

杜宇一声春晓。

〔宋〕苏轼《西江月》

芙蓉露下落，杨柳月中疏。

〔北朝·齐〕萧悫《秋思》

花木阴阴，偶过垂杨院。香风散，半开朱户，瞥见如花面。

〔金〕董解元《西厢记》

花自飘零水自流，一种相思，两处闲愁。

〔宋〕李清照《一剪梅》

花须柳眼各无赖，紫蝶黄蜂俱有情。

〔唐〕李商隐《二月二日》

花红易衰似郎意，水流无限似侬愁。

〔唐〕刘禹锡《竹枝词》九首之二

花褪残红春杏小。燕子飞时，绿水人家绕。

〔宋〕苏轼《蝶恋花》

苍龙日暮还行雨，老树春深更著花。

〔明〕顾炎武《又酬傅处士次韵》二首之二

芳林新叶催陈叶，流水前波让后波。

〔唐〕刘禹锡《乐天见示伤微之敦诗
晦叔三君子皆有深分因成是诗以寄》

芳径，芹泥雨润。爱贴地争飞，竞夸轻俊。红楼归晚，看足柳昏花暝。

〔宋〕史达祖《双双燕·咏燕》

芳树无人花自落，春山一路鸟空啼。

〔唐〕李华《春行寄兴》

芳草句，碧云辞，低徊闲自思。流莺枝上不曾啼，知人断肠时。

〔清〕佟世南《阮郎归》

芳草有情，夕阳无语，雁横南浦，人倚西楼。

〔宋〕张耒《风流子》

芳草有情皆碍马，好云无处不遮楼。

〔唐〕罗隐《魏城逢故人》

杏花红处青山缺，山畔行人山下歇。

〔宋〕欧阳修《玉楼春》

两边山木合，终日子规啼。

〔唐〕杜甫《子规》

两个黄鹂鸣翠柳，一行白鹭上青天。窗含西岭千秋雪，门泊东吴万里船。

〔唐〕杜甫《绝句》四首之三

两株桃杏映篱斜，装点商州付使家。何事春风容不得，和莺吹折数枝花。

〔宋〕王禹偁《春日杂兴》

折得一枝香在手，人间应未有。

〔宋〕王安石《甘露歌》

时人不识凌云木，直待凌云始道高。

〔唐〕杜荀鹤《小松》

时见幽人独往来，缥缈孤鸿影。

〔宋〕苏轼《卜算子》

时有落花至，远随流水香。

〔唐〕刘昚虚《缺题》

别离滋味浓于酒，著人瘦。此情不及东墙柳，春色年年依旧。

〔宋〕张耒《秋蕊香》

乱花渐欲迷人眼，浅草才能没马蹄。

〔唐〕白居易《钱塘湖春行》

何方可化身千亿？一树梅花一放翁。

〔宋〕陆游《梅花绝句》其三

何处轻黄双小蝶，翩翩与我共徘徊。绿阴芳草佳风月，不是花时也解来。

〔宋〕陆游《窗下戏咏》

何须浅碧深红色，自是花中第一流。

〔宋〕李清照《鹧鸪天·桂花》

何须更探春消息，自有幽香梦里通。

〔宋〕张道洽《咏梅》

低头弄莲子，莲子清如水。

〔晋〕乐府古辞《西洲曲》

含风鸭绿粼粼起，弄日鹅黄袅袅垂。

〔宋〕王安石《南浦》

含情欲说宫中事，鹦鹉前头不敢言。

〔唐〕朱庆余《宫词》

系春心情短柳丝长，隔花阴人远天涯近。

〔元〕王实甫《西厢记》第二本第一折

羌笛何须怨杨柳，春风不度玉门关。

〔唐〕王之涣《凉州词》二首之一

迟日江山丽，春风花鸟香。

〔唐〕杜甫《绝句》

来日倚窗前，寒梅著花未？

〔唐〕王维《杂诗》之一

灵菊植幽崖，擢颖凌寒飙。春露不染色，秋霜不改条。

〔晋〕袁崧《菊》

坐对真成被花恼，出门一笑大江横。

〔宋〕黄庭坚《水仙花诗》

鸠鸣桑叶吐，村暗杏花残。

〔宋〕梅尧臣《春阴》

杨花榆荚无才思，惟解漫天作雪飞。

〔唐〕韩愈《晚春》

杨花飞尽绿阴合，更看明年春雨时。

〔元〕马祖常《杨花宛转曲》

芭蕉不展丁香结，同向春风各自愁。

〔唐〕李商隐《代赠》二首其一

狂风落尽深红色，绿叶成阴子满枝。

〔唐〕杜牧《叹花》

忍放花如雪，青楼扑酒旗。

〔唐〕李商隐《赠柳》

迎春故早发，独自不疑寒。畏落众花后，无人别意看。

〔南朝·陈〕谢燮《早梅》

冷落竹篱茅舍，富贵玉堂琼榭，两地不同栽，一般开。

〔宋〕郑域《昭君怨·梅》

旷然尘虑尽，为对夕花明。

〔宋〕朱熹《茉莉》

更凭青女留连得，未作愁红怨绿看。

〔宋〕范大成《窗前木芙蓉》

良宵更有多情处，月下芬芳伴醉吟。

〔唐〕刘兼《海棠花》

听此高林上，遥知故国秋。

〔唐〕于邺《咏蝉》

闲依柳絮参差起，困傍桃花各自飞。潜被燕惊还散乱，偶因人逐入帘帏。

〔唐〕李建勋《蝴蝶》

每以圆时足，还随缺处空。影高群木外，香满一轮中。

〔唐〕张乔《试月中桂》

初见梁间牖户新，衔泥已复哺雏频。

〔宋〕陆游《燕诗》

应自栖香正稳，便忘了天涯芳信。

〔宋〕史达祖《双双燕·咏燕》

近水欲迷歌扇绿，隔花偏衬舞裙红。

〔明〕杨基《春草诗》

努力莫辞仙客远，自云飞处免群鸡。

〔唐〕雍陶《放鹤》

八画

青鸟不传云外信，丁香空结雨中愁。回首绿波三楚暮，接天流。

〔五代·南唐〕李璟《摊破浣溪沙》

青鸟衔葡萄，飞上金井栏。

〔唐〕捧剑仆《诗》

青松巢白鸟，深竹逗流萤。

〔宋〕贺铸《临江仙》

青惜峰峦过，黄知橘柚来。

〔唐〕杜甫《放船》

青笠红衫风雪里，一林枫桕马萧萧。

〔清〕王士祯《自沙河至唐婆岭即事》

青春每问风外得，秀艳应难雪中见。

〔宋〕文同《梨花》

青萍一点微微发，万树千枝和根拔。

〔元〕吴昌龄《张天师断风花雪夜杂剧》

青墩溪畔龙钟客，独立东风看牡丹。

〔宋〕陈与义《牡丹》

枝间新绿一重重，小蕾深藏数点红。

〔金〕元好问《同儿辈赋未开海棠》

枝生无限月，花满自然秋。

〔唐〕李峤《咏桂》

昔我往矣，杨柳依依；今我来兮，雨雪霏霏。

《诗·小雅·采薇》

雨中山果落，灯下草虫鸣。

〔唐〕王维《秋夜独坐》

雨中草色绿堪染，水上桃花红欲燃。

〔唐〕王维《辋川别业》

雨昏青草湖边过，花落黄陵庙里啼。

〔唐〕郑谷《鹧鸪》

雨暗不离浓绿树，月斜长吊欲明天。

〔唐〕吴融《子规》

雨后却斜阳，杏花零落香。

〔唐〕温庭筠《菩萨蛮》十一

郁郁涧底松，离离山上苗。以彼径寸茎，荫此百尺条。

〔晋〕左思《咏史》八首之二

拣尽寒枝不肯栖，寂寞沙洲冷。

〔宋〕苏轼《卜算子》

凭阑袖拂杨花雪。溪又斜，山又遮，人去也。

〔元〕关汉卿《南吕·四块玉·别情》

金风细细，叶叶梧桐坠。绿酒初尝人易醉，一枕小窗浓睡。

〔宋〕晏殊《清平乐》

采菊东篱下，悠然见南山。

〔晋〕陶潜《饮酒》二十首之五

采得百花成蜜后，为谁辛苦为谁甜。

〔唐〕罗隐《蜂》

采莲无限兰桡女，笑指中流羡尔归。

〔唐〕崔珏《和友人鸳鸯之什》其一

采薜荔兮水中，搴芙蓉兮木末。

《楚辞·九歌·湘君》

饱霜孤竹声偏切，带火焦桐韵本悲。

〔唐〕刘禹锡《答杨八敬之绝句》

忽如一夜春风来，千树万树梨花开。

〔唐〕岑参《白雪歌送武判官归京》

河畔青芜堤上柳，为问新愁，何事年年有？

〔五代·南唐〕冯延巳《鹊踏枝》二

泪眼问花花不语，乱红飞过秋千去。

〔宋〕欧阳修《蝶恋花》

波渺渺，柳依依；孤村芳草远，斜日杏花飞。

〔宋〕寇準《江南春》

波漂菰米沉云黑，露冷莲房坠粉红。

〔唐〕杜甫《秋兴》

始怜幽竹山窗下，不改清阴待我归。

〔唐〕刘长卿《晚春归山居题窗前竹》

孤村落日残霞，轻烟老树寒鸦，一点飞鸿影下。

〔元〕白朴《越调天净沙·秋》

孤雁不饮啄，飞鸣声念群。谁怜一片影，相失万重云？

〔唐〕杜甫《孤雁》

孤标天赋与，冷艳谁能顾。庭院好深藏，莫叫开路旁。

〔宋〕晁端礼《菩萨蛮》

细雨鱼儿出，微风燕子斜。

〔唐〕杜甫《水槛遣心》二首之一

细看来，不是杨花点点，是离人泪。

〔宋〕苏轼《水龙吟》

细数落花因坐久，缓寻芳草得归迟。

〔宋〕王安石《北山》

夜凉吹笛千山月，路暗迷人百种花。

〔宋〕欧阳修《梦中作》

夜来归鸟尽，啼杀后栖鸦。

〔唐〕杜甫《遣怀》

夜静看花人独立，水晶帘外月如霜。

〔清〕朱受新《白秋海棠》

岭猿同旦暮，江柳共风烟。

〔唐〕刘长卿《新年作》

林花著雨燕脂湿，水荇牵风翠带长。

〔唐〕杜甫《曲江对雨》

松际露微月，清光犹为君。

〔唐〕常建《宿王昌龄隐居》

岸花飞送客，樯燕语留人。

〔唐〕杜甫《发潭州》

昆山玉碎凤凰叫，芙蓉泣露香兰笑。

〔唐〕李贺《李凭箜篌引》

泥融飞燕子，沙暖睡鸳鸯。

〔唐〕杜甫《绝句》二首其一

诗家清景在新春，绿柳才黄半未匀。

〔唐〕杨巨源《城东早春》

织为云外秋雁行，染作江南春水色。

〔唐〕白居易《缭绫》

忽忆秦溪路，万竿今正凉。

〔唐〕许浑《秋日白沙馆对竹》

若教解语应倾国，任是无情也动人。

〔唐〕罗隐《牡丹》

拂绿穿红丽日长，一生心事住春光。

〔唐〕徐寅《蝴蝶》

的历流光小，飘摇弱翅轻。恐畏无人识，独自暗中明。

〔唐〕虞世南《咏萤火》

居高声自远，非是藉秋风。

〔唐〕虞世南《蝉》

直须强学人间语，举世无人解鸟言。

〔宋〕王安石《鹦鹉》

九画

春无踪迹谁知？除非问取黄鹂；百啭无人能解，因风飞过蔷薇。

〔宋〕黄庭坚《清平乐》

春日游，杏花吹满头。

〔五代·前蜀〕韦应《思帝乡》

春风不解禁杨花，蒙蒙乱扑行人面。

〔宋〕晏殊《踏莎行》

春风知别苦，不遣柳条青。

〔唐〕李白《劳劳亭》

春风桃李花开日，秋雨梧桐叶落时。

〔唐〕白居易《长恨歌》

春风疑不到天涯，二月山城未见花。残雪压枝犹有桔，冻雷惊笋欲抽芽。

〔宋〕欧阳修《戏答元珍》

春风取花去，酬我以清阴。

〔宋〕王安石《半山春晚即事》

春早横招桃李妒，岁寒不受雪霜侵。

〔宋〕杨万里《山茶》

春色撩人，爱花风如扇，柳烟成阵。

〔清〕洪昇《长生殿·禊游》

春色满园关不住，一枝红杏出墙来。

〔宋〕叶绍翁《游园不值》

春苑月裴回，竹堂侵夜开。惊鸟排林度，风花隔水来。

〔唐〕虞世南《春夜》

春城无处不飞花，寒食东风御柳斜。

〔唐〕韩翃《寒食》

春眠不觉晓，处处闻啼鸟。夜来风雨声，花落知多少？

〔唐〕孟浩然《春晓》

春宵一刻值千金，花有清香月有阴。

〔宋〕苏轼《春夜》

春路雨添花，花动一山春色。

〔宋〕秦观《好事近》

城中桃李愁风雨，春在溪头野荠花。

〔宋〕辛弃疾《鹧鸪天·代人赋》

枯藤老树昏鸦，小桥流水人家，古道西风瘦马。夕阳西下，断肠人在天涯。

〔元〕马致远《越调天净沙·秋思》

相见时难别亦难，东风无力百花残。

〔唐〕李商隐《无题》

相期定似逢寒食，乍见争如说故乡。

〔清〕丁澎《见燕》

相逢不用忙归去，明日黄花蝶也愁。

〔宋〕苏轼《九日次韵王巩》

柳下桃蹊，乱分春色到人家。

〔宋〕秦观《望海潮》

柳叶乱飘千尺雨，桃花斜带一溪烟。

〔清〕吴伟业《鸳湖曲》

柳阴中忽噪新蝉，见流莺飞来庭院，听菱歌何处，画船归晚。

〔元〕高明《琵琶记·伯喈弹琴诉怨》

柳塘春水漫，花坞夕阳迟。

〔唐〕严维《酬刘员外见寄》

柳絮池塘春入梦，梨花庭院冷侵衣。

〔明〕袁凯《咏白燕》

柳丝长，春雨细，花外漏声迢递。

〔唐〕温庭筠《更漏子》

柳丝袅袅风缲出，草缕茸茸雨剪齐。

〔唐〕白居易《天津桥》

故园梅柳尚余春，来时勿使芳菲歇。

〔唐〕骆宾王《畴昔篇》

故作小红桃杏色，尚余孤瘦雪霜姿。

〔宋〕苏轼《红梅》

南北东西春总好，杜鹃何苦劝人归。

〔宋〕王庭珪《次韵陈君授暮春感怀》

草不谢荣于春风，木不怨落于秋天。谁挥鞭策驱四运？万物兴歇皆自然。

〔唐〕李白《日出行》

草木有本心，何求美人折。

〔唐〕张九龄《感遇》十二首之一

草萤有耀终非火，荷露虽团岂是珠。

〔唐〕白居易《放言》五首其一

草杂今古色，岩留冬夏霜。

〔南朝·齐〕孔稚珪《旦发青林》

草色连云人去住，水纹如縠燕差池。

〔唐〕杜牧《江上偶见绝句》

草低金城雾，木下玉门风。

〔南朝·梁〕范云《别诗》

草枯鹰眼疾，雪尽马蹄轻。

〔唐〕王维《观猎》

残星数点雁横塞，长笛一声人倚楼。

〔唐〕赵嘏《长安晚秋》

残雪暗随冰笋滴，新春偷向柳梢归。

〔宋〕张耒《春日》

临水朱门花一径，尽日鸟啼人静。

〔未〕贺铸《清平乐》

临风忽起悲秋思，独听新蝉第一声。

〔宋〕寇準《蝉》

咬定青山不放松，立根原在破岩中。千磨万击还坚劲，任尔东西南北风。

〔清〕郑燮《竹石》

昨夜西风凋碧树，独上高楼，望尽天涯路。

〔宋〕晏殊《鹊踏枝》

昨夜西池凉露满，桂花吹断月中香。

〔唐〕李商隐《昨夜》

秋风想见西湖上，化出白莲千叶花。

〔宋〕贺铸《鹧鸪天》

秋草六朝寒，花雨空坛，更无人处一凭阑。燕子斜阳来又去，如此江山。

〔清〕朱彝尊《卖花声·雨花台》

秋草独寻人去后，寒林空见日斜时。

〔唐〕刘长卿《长沙过贾谊宅》

香稻啄余鹦鹉粒，碧梧栖老凤凰枝。

〔唐〕杜甫《秋兴》八首之一

看白鸟，下长川，点破潇湘万里烟。

〔五代〕张松龄《渔父》

独立茅门懒拄筇，鬓丝凉拂豆花风。晓鸦无数盘旋处，绿树枝头一线红。

〔明〕唐寅《晓起图》

独怜幽草涧边生，上有黄鹂深树鸣。

〔唐〕韦应物《滁州西涧》

独有南山桂花发，飞来飞去袭人裾。

〔唐〕卢照邻《长安古意》

独有凌霜橘，荣丽在中州。从来自有节，岁暮将何忧。

〔南朝·齐〕虞羲《橘》

怨春不语，算只是殷勤，画檐蛛网，尽日惹飞絮。

〔宋〕辛弃疾《摸鱼儿》

庭苑不知人去尽，春来还发旧时花。

〔唐〕岑参《山房春事》二首

庭院深深深几许？杨柳堆烟，帘幕无重数。

〔宋〕欧阳修《蝶恋花》

柔柳摇摇，坠轻絮如影。

〔宋〕张先《剪牡丹》

恨芳菲世界，游人未赏，都付与，莺和燕。

〔宋〕陈亮《水龙吟·春恨》

浓绿万枝红一点，动人春色不须多。

〔宋〕王安石《咏石榴花》

将花枝笑捻，斜插在鬓边，手执着菱花镜儿里显。

〔元〕高文秀《南吕一枝花·咏惜花春起早》

穿花蛱蝶深深见，点水蜻蜓款款飞。

〔唐〕杜甫《曲江》二首之二

既滋兰之九畹兮，又树蕙之百亩。

《楚辞·离骚》

映阶碧草自春色，隔叶黄鹂空好音。

〔唐〕杜甫《蜀相》

送客飞鸟外，城头楼最高。

〔唐〕岑参《陕州月城楼送辛判官入秦》

宫女如花满春殿，只今惟有鹧鸪飞。

〔唐〕李白《越中怀古》

前村深雪里，昨夜数枝开。

〔唐〕齐己《早梅》

前日归时花正红，今夜宿时枝半空。坐惜残芳君不见，风吹狼藉月明中。

〔唐〕白居易《夜惜禁中桃花因怀钱员外》

待到重阳日，还来就菊花。

〔唐〕孟浩然《过故人庄》

待到秋来九月八，我花开后百花杀。

〔唐〕黄巢《不第后赋菊》

洗尽铅华见雪肌，要将真色斗生枝。

〔宋〕苏轼《梅花》

虽无艳态惊群目，幸有清香压九秋。

〔元〕江夔《茉莉》

轻抛一点入云去，喝杀三声掠地来。

〔唐〕刘禹锡《白鹰》

树树笼烟疑带火，山山照日似悬金。

〔唐〕张彤《奉和拣贡橘》

亭亭山上松，瑟瑟谷中风。风声一何盛，松枝一何劲。

〔魏〕刘桢《赠从弟》其二

须知胡骑纷纷在，岂逐春风一一迴。

〔唐〕杜牧《早雁》

香轮莫辗青青破，留与游人一醉眠。

〔唐〕郑谷《曲江春草》

十画

桂子月中落，天香云外飘。

〔唐〕宋之问《灵隐寺》

桐花万里丹山路，雏凤清于老凤声。

〔唐〕李商隐《韩冬郎即席为诗相送》

桃花尽日随流水，洞在清溪何处边？

〔唐〕张旭《桃花溪》

桃花细逐杨花落，黄鸟时兼白鸟飞。

〔唐〕杜甫《曲江对酒》

桃花乱落如红雨。

〔唐〕李贺《将进酒》

桃李春风一杯酒，江湖夜雨十年灯。

〔宋〕黄庭坚《寄黄幾復》

荷风送香气，竹露滴清响。

〔唐〕孟浩然《夏日南亭怀辛大》

荷叶罗裙一色裁，芙蓉向脸两边开。乱入池中看不见，闻歌始觉有人来。

〔唐〕王昌龄《采莲曲》二首之一

荷尽已无擎雨盖，菊残犹有傲霜枝。

〔宋〕苏轼《赠刘景文》

荷阴斜合翠，莲影对分红。

〔南朝·梁〕徐朏《夏诗》

荷枯雨滴闻。

〔唐〕孟浩然《初出关旅亭夜坐怀王大校书》

莺欲绵蛮柳欲阴，露丛烟萼恣搜寻。那将两翅轻涂粉，绕遍千花百卉心。

〔宋〕晏殊《蛱蝶》

莺初解语，最是一年春好处。微雨如酥，草色遥看近却无。

〔宋〕苏轼《减字木兰花》

莺啼如有泪，为湿最高花。

〔唐〕李商隐《天涯》

莺嘴啄花红溜，燕尾点波绿皱。

〔宋〕秦观《如梦令》

柴扉日暮随风掩，落尽闲花不见人。

〔唐〕元稹《晚春》

鸭头春水浓如染，水面桃花弄春脸。

〔宋〕苏轼《送别诗》

鸭头绿一江浪花，鱼尾红几缕残霞。

〔元〕无名氏《中吕满庭芳》

借问此何时，蝴蝶飞南园。

〔晋〕张协《杂诗》

借问梅花何处落，风吹一夜满关山。

〔唐〕高适《塞上闻笛》

倚危亭，恨如芳草，萋萋刬尽还生。

〔宋〕秦观《八六子》

爱惜芳心莫轻吐，且教桃李闹春风。

〔金〕元好问《同儿辈赋未开海棠》二首

袅袅城边柳，青青陌上桑，提篮忘采叶，昨夜梦渔阳。

〔唐〕张仲素《春闺思》

袅袅古堤边，青青一树烟。若为丝不断，留取系郎船。

〔唐〕雍裕之《江边柳》

留连戏蝶时时舞，自在娇莺恰恰啼。

〔唐〕杜甫《江畔独步寻花七绝句》之六

衰衰凄凄一径通，丹枫索索满林红。

〔金〕董解元《西厢记》

离离原上草，一岁一枯荣。野火烧不尽，春风吹又生。

〔唐〕白居易《赋得古原草送别》

凉风绕曲房，寒蝉鸣高柳。

〔晋〕陆机《拟明月何皎皎》

海雨江风浪作堆，时新鱼菜逐春回。

〔宋〕范成大《四时田园杂兴》

海棠不惜胭脂色，独立蒙蒙细雨中。

〔宋〕陈与义《春寒》

流光容易把人抛，红了樱桃，绿了芭蕉。

〔宋〕蒋捷《一剪梅·舟过吴江》

谁言寸草心，报得三春晖。

〔唐〕孟郊《游子吟》

被石兰兮带杜衡，折芳馨兮遗所思。

《楚辞·九歌·山鬼》

珠帘十二中间卷，玉剪一双高下飞。

〔明〕时大本《咏白燕》

绣成安向春园里，引得黄莺下柳条。

〔唐〕胡令能《咏绣障》

素蒟多蒙别艳欺，此花端合在瑶池。无情有恨何人觉，月晓风清欲堕时。

〔唐〕陆龟蒙《白莲》

桃花嫣然出篱笑，似开未开最有情。

〔宋〕汪藻《春日》

凌风知劲草，负雪见贞心。

〔南朝·梁〕范云《咏寒松》

凌波仙子生尘袜，水上轻盈步微月。

〔宋〕黄庭坚《水仙》

莫怪春来便归去，江南虽好是他乡。

〔明〕王恭《春雁》

莫言空警露，犹冀一闻天。

〔唐〕李峤《咏鹤》

莫去西湖花里睡，芰荷翻雨打鸳鸯。

〔元〕宋无《海鸥》

高林滴露夏夜清，南山子规啼一声。

〔唐〕韦应物《子规》

烟雨疏疏覆绿苔，海棠时节燕重来。

〔清〕周京《燕来》

浪中得上龙门去，不叹江河岁月深。

〔唐〕章孝标《鲤鱼》

获芽抽笋河鲀上，楝子开花石首来。

〔宋〕范成大《四时田园杂兴》

十一画

梧桐昨夜西风急，淡月胧明，好梦频惊，何处高楼雁一声。

〔宋〕晏殊《采桑子》

梧桐树，三更雨，不道离情正苦。一叶叶，一声声，空阶滴到明。

〔唐〕温庭筠《更漏子》

梅英疏淡，冰澌溶泄，东风暗换年华。

〔宋〕秦观《望海潮》

梅须逊雪三分白，雪却输梅一段香。

〔宋〕卢梅坡《雪梅》

黄花金兽眼，红叶火龙鳞。

〔元〕杨显之《临江驿潇湘秋雨杂剧》

黄昏风雨打园林，残菊飘零满地金。

〔宋〕王安石《残菊》

黄鹤远联翩，从鸾下紫烟。翱翔一万里，来去几千年。

〔唐〕李峤《咏鹤》

梦随风万里，寻郎去处，又还被莺呼起。

〔宋〕苏轼《水龙吟》

接天莲叶无穷碧，映日荷花别样红。

〔宋〕杨万里《晓出净慈寺送林子方》

晚趁寒潮渡江去，满林黄叶雁声多。

〔清〕王士祯《江上》

野水自添田水满，晴鸠却唤雨鸠归。

〔宋〕黄庭坚《自巴陵略平江临湘入通城无日不雨至黄龙奉谒清禅师继而晚晴邂逅禅客戴道纯款语作长句呈道纯》

野凫眠岸有闲意，老树着花无丑枝。

〔宋〕梅尧臣《东溪》

野鸦无意绪，鸣噪自纷纷。

〔唐〕杜甫《孤雁》

野桃含笑竹篱短，溪柳自摇沙水清。

〔宋〕苏轼《新城道中》

做冷欺花，将烟困柳，千里偷催春暮。

〔宋〕史达祖《绮罗香》

斜阳外，寒鸦数点，流水绕孤村。

〔宋〕秦观《满庭芳》

惟草木之零落兮，恐美人之迟暮。

《楚辞·离骚》

惟有春风最相惜，殷勤更向手中吹。

〔唐〕杨巨源《和练秀才杨柳》

惟有落红官不禁，尽教飞舞出宫墙。

〔唐〕武衍《宫词》

清水出芙蓉，天然去雕饰。

〔唐〕李白《经乱离后天恩流夜

郎忆旧游书怀赠江夏韦太守良宰》

清霜醉枫叶，淡月隐芦花。

〔元〕许有壬《荻港早行》

鸿雁于飞，哀鸣嗷嗷。

《诗·小雅·鸿雁》

鸿鹄高飞，一举千里。羽翼已就，横绝四海。

〔汉〕刘邦《鸿鹄歌》

断人肠处，无边残照水边霞。枯荷宿鹭，远树栖鸦。败叶纷纷拥砌石，修竹珊珊扫窗纱。黄昏近，愁生砧杵，怨入琵琶。

〔元〕白朴《仙吕点绛唇·金凤钗分》

剪裁用尽春工意，浅蘸朝霞千万蕊。

〔宋〕柳永《木兰花》

寂寞空庭春欲晚，梨花满地不开门。

〔唐〕刘方平《春怨》

维鹊有巢，维鸠居之。

《诗·台南·鹊巢》

绿杨枝上啭黄鹂，红杏梢头挂酒旗。

〔明〕唐寅《杏林春燕》

绿杨烟外晓寒轻，红杏枝头春意闹。

〔宋〕宋祁《玉楼春》

绿杨堤下路，早晚溪边去。三见柳绵飞，离人犹未归。

〔宋〕魏夫人《菩萨蛮》

绿垂风折笋，红绽雨肥梅。

〔唐〕杜甫《陪郑广文游何将军山林》十首之五

绿荷多少夕阳中，知为阿谁凝恨、背西风。

〔宋〕秦观《虞美人》

绿遍山原白满川，子规声里雨如烟。乡村四月闲人少，才了蚕桑又插田。

〔宋〕翁卷《乡村四月》

绿叶青葱傍石栽，孤根不与众花开。酒阑展卷山窗下，习习香从纸上来。

〔明〕董其昌《兰》

绿树连村晴，黄花入麦移。

〔唐〕司空图《独望》

绿树听鹈鴂，更那堪，鹧鸪声住，杜鹃声切。啼到春归无啼处，苦恨芳菲都歇。

〔宋〕辛弃疾《贺新郎·别茂嘉十二弟》

秾丽最宜新著雨，娇娆全在欲开时。

〔唐〕郑谷《海棠》

梨花澹白柳深青，柳絮飞时花满城。惆怅东栏一株雪，人生看得几清明。

〔宋〕苏轼《和孔密州东栏梨花》

雪后园林才半树，水边篱落忽横枝。

〔宋〕林逋《梅花》

雪绽霞铺锦水头，占春颜色最风流。若教更近天街种，马上多逢醉五侯。

〔唐〕吴融《海棠》二首之一

雪径偷开浅碧花，冰根乱吐小红芽。生无桃李春风面，名可山林处士家。

〔宋〕杨万里《兰》

婵娟一种如冰雪，依旧春风笑海棠。

〔宋〕王安石《梅花诗》其三

欲知按节成龙处，当于山路葛陂中。

〔南朝·陈〕张正见《赋得阶前嫩竹诗》

惆怅阶前红牡丹，晚来唯有两枝残。明朝风起应吹尽，夜惜衰红把火看。

〔唐〕白居易《惜牡丹花》

常恐便同巫峡散，因何重有武陵期。

〔唐〕薛涛《牡丹》

遇赏宁充佩，为生莫碍门。

〔唐〕张九龄《悲秋兰》

弹压西风擅众芳，十分秋色为伊忙。一枝淡贮书窗下，人与花心各自香。

〔宋〕朱淑真《桂花》

惭愧稻粱长不饱，未曾回眼向鸡群。

〔唐〕白居易《双鹤》

翎羽如今从放长，犹能飞起向孤云。

〔唐〕贾岛《咏崔卿池上鹤》

十二画

朝来庭树有鸣禽，红绿扶春上远林。

〔宋〕陈与义《春日》

朝饮木兰之坠露兮，夕餐秋菊之落英。

《楚辞·离骚》

落尽残红始吐芳，佳名唤作百花王。竞夸天下无双艳，独立人间第一香。

〔唐〕皮日休《牡丹》

落尽梨花春又了，满地残阳，翠色和烟老。

〔宋〕梅尧臣《苏幕遮》

落花人独立，微雨燕双飞。

〔唐〕翁宏《春残》

落花如有意，来去逐船流。

〔唐〕储光羲《江南曲》四首其三

落红不是无情物，化作春泥更护花

〔清〕龚自珍《己亥杂诗》之一

落花与芝盖齐飞，杨柳共春旗一色。

〔北周·庾信〕《华林园马射赋》

落絮无声春堕泪，行云有影月含羞。

〔宋〕吴文英《浣溪沙》

落霞与孤鹜齐飞，秋水共长天一色。

〔唐〕王勃《滕王阁序》

紫艳半开篱菊静，红衣落尽渚莲愁。

〔唐〕赵嘏《长安晚秋》

紫收岷岭芋，白种陆池莲。

〔唐〕杜甫《秋日夔州咏怀》

喧鸟覆春洲，杂英满芳甸。

〔南朝·齐〕谢朓《晚登三山还望京邑》

晴川历历汉阳树，芳草萋萋鹦鹉洲。

〔唐〕崔颢《黄鹤楼》

晴空一鹤排云上，便引诗情到碧霄。

〔唐〕刘禹锡《秋词》二首之一

晴虹桥影出，秋雁橹声来。

〔唐〕白居易《河亭晴望》

蛱蝶飞来过墙去，却疑春色在邻家。

〔唐〕王驾《雨晴》

曾教风月，催促花边烟棹发。不管花开，月白风清始肯来。

〔宋〕毛滂《减字木兰花·留贾耘老》

寒心未肯随春态，酒晕无端上玉肌。

〔宋〕苏轼《红梅》三首其一

寒鸦飞数点，流水绕孤村。

〔隋〕杨广《失题》

寒蝉凄切，对长亭晚，骤雨初歇。

〔宋〕柳永《雨霖铃》

寒波淡淡起，白鸟悠悠下。怀归人自急，物态本闲暇。

〔金〕元好问《颍亭留别》

道人北山来，问松我东冈。举手指屋脊，云今如许长。

〔宋〕王安石《道人北山来》

雁引愁心去，山衔好月来。

〔唐〕李白《与夏十二登岳阳楼》

雁声远过潇湘去，十二楼中月自明。

〔唐〕温庭筠《瑶瑟怨》

疏影横斜水清浅，暗香浮动月黄昏。

〔宋〕林逋《山园小梅》二首其一

等恁时，重觅幽香，已入小窗横幅。

〔宋〕姜夔《疏影》

遇有客来堪玩处，一端晴绮照烟新。

〔唐〕陆龟蒙《蔷薇》

敢同俗态期青眼，似有微词动绛唇。

〔唐〕唐彦谦《绯桃诗》

惯向溪头漾浅沙，薄烟微雨是生涯。时时失伴沉山影，往往争飞杂浪花。

〔唐〕陆龟蒙《白鸥》

啼得血流无用处，不如缄口过残春。

〔唐〕杜荀鹤《闻子规》

暂分烟岛犹回首，只渡寒塘亦并飞。

〔唐〕崔珏《和友人鸳鸯之什》其一

暂语船樯还起去，穿花贴水益霑巾。

〔唐〕杜甫《燕子来舟中作》

渡头惊起一双去，飞上文君旧锦机。

〔唐〕吉师老《鸳鸯》

散雪枝头寒已老，平芜一夜铺春草。

〔宋〕杨万里《春草曲诗》

十三画

楼观岳阳尽，川迥洞庭开。雁引愁心去，山衔好月来。

〔唐〕李白《与夏十二登岳阳楼》

感时花溅泪，恨别鸟惊心。

〔唐〕杜甫《春望》

零落成泥碾作尘，只有香如故。

〔宋〕陆游《卜算子》

暗飞萤自照，水宿鸟相呼。

〔唐〕杜甫《倦夜》

暗牖悬蛛网，空梁落燕泥。

〔隋〕薛道衡《昔昔盐》

蜂蝶去纷纷，香风隔岸闻。欲知花岛处，水上觅红云。

〔唐〕韩愈《奉和虢州刘给事使君三堂新题二十一咏之八》

蜂蝶纷纷过墙去，却疑春色在邻家。

〔唐〕王驾《雨晴》

照花前后镜，花面交相映。

〔唐〕温庭筠《菩萨蛮》

衙斋卧听萧萧竹，疑是民间疾苦声；些小吾曹州县吏，一枝一叶总关情。

〔清〕郑燮《潍县署中画竹呈年伯包大中丞括》

遥怜故园菊，应傍战场开。

〔唐〕岑参《行军九日思长安故园》

遥原树若荠，远水舟如叶。

〔隋〕薛道衡《敬酬杨仆射山斋独坐》

遥知不是雪，为有暗香来。

〔宋〕王安石《梅花》

新松恨不高千尺，恶竹应须斩万竿。

〔唐〕杜甫《将赴成都草堂途中有作先寄严郑公》五首之四

新蒲新柳三年大，便与儿孙作屋梁。

〔清〕龚自珍《己亥杂诗》

满地芦花和我老，旧家燕子傍谁飞。

〔宋〕文天祥《金陵驿》

漠漠水田飞白鹭，阴阴夏木啭黄鹂。

〔唐〕王维《积雨辋川庄作》

漠漠帆来重，冥冥鸟去迟。

〔唐〕韦应物《赋得暮雨送李胄》

溪山掩映斜阳里，楼台影动鸳鸯起。隔岸两三家，出墙红杏花。

〔宋〕魏夫人《菩萨蛮》

数朵红云静不飞，含香含态醉春晖。

〔明〕冯琢庵《牡丹》

数从沙草群鸥散，万顷江田一鹭飞。

〔唐〕温庭筠《利州南渡》

数点飞来荷叶雨，暮香分得小江天。

〔元〕完颜畴《池莲》

数声啼鸟怨年华，又是凄凉时候，在天涯。

〔宋〕仲殊《南歌子》

数声飘去和秋色，一字横来背晚辉。

〔唐〕吴融《新雁》

隔巢黄鸟并，翻藻白鱼跳。

〔唐〕杜甫《绝句》

愁眼看霜露，寒城菊自花。

〔唐〕杜甫《遣怀》

新霜彻晓报秋深，染尽青林作缬林。惟有橘园风景异，碧丛丛里万黄金。

〔宋〕范成大《咏橘》

榆荚荷钱怨别离，不似杨花宛转飞。

〔元〕马祖常《杨花宛转曲》

韵绝香仍绝，花清月未清。

〔宋〕杨万里《水仙花》

窥人向檐语，如道故乡春。

〔唐〕徐璧《春燕》

十四画

碧云天，黄叶地。秋色连波，波上寒烟翠。

〔宋〕范仲淹《苏幕遮》

碧云天，黄花地，西风紧，北雁南飞。晓来谁染霜林醉，总是离人泪。

〔元〕王实甫《西厢记》

碧玉妆成一树高，万条垂下绿丝绦。不知细叶谁裁出，二月春风似剪刀。

〔唐〕贺知章《咏柳》

碧知湖外草，红见海东云。

〔唐〕杜甫《晴》二首之一

墙头语鹊衣犹湿，楼外残雷气未平。

〔宋〕陈与义《雨晴》

墙头雨细垂纤草，水面风回聚落花。

〔唐〕张蠙《夏日题老将林亭》

愿逐三秋雁，年年一度秋。

〔唐〕卢照邻《昭君怨》

蝉噪林逾静，鸟鸣山更幽。

〔南朝·梁〕王籍《入若耶溪》

蝉声无一添烦恼，自是愁人枉断肠。

〔宋〕杨万里《听蝉声》

嫣然一笑竹篱间，桃李漫山总粗俗。

〔宋〕苏轼《寓居定惠院之东，杂花满山，有海棠一株，人不知贵也》

嫩绿柔香远更浓，春来无处不茸茸。

〔明〕杨基《春草诗》

嫩竹犹含粉，初荷未聚尘。

〔南朝·陈〕徐陵《侍宴》

嫩箨香苞初出林，於陵论价重如金。皇都陆海应无数，忍剪凌云一寸心。

〔唐〕李商隐《初食笋呈座中》

翠干危栈竹，红腻小湖莲。

〔唐〕杜甫《寄岳州贾司马巴山严八使君》

糁径杨花铺白毡，点溪荷叶叠青钱。

〔唐〕杜甫《绝句漫兴》九首其七

满园深浅色，照在绿波中。

〔唐〕王涯《春游曲》

潇洒江梅似玉人，倚风无言澹生春。

〔元〕赵孟頫《梅花》

蔷薇花落秋风起，荆棘满亭君自知。

〔唐〕贾岛《题兴化寺园亭》

暮起归巢思，春多忆侣声。谁能拆笼破，从放快飞鸣！

〔唐〕白居易《鹦鹉赋诗》

翠翘红颈覆金衣，滩上双双去又归。

〔唐〕吴融《鸳鸯》

十五画以上

横枝消瘦一如无，但空里疏花数点。

〔宋〕朱敦儒《鹊桥仙》

横空过雨千峰出，大野新霜万叶枯。

〔唐〕耿湋《九日》

蕙兰有恨枝尤绿，桃李无言花自红。

〔宋〕欧阳修《舞春风》

蕉心不展待时雨，葵叶为谁倾夕阳。

〔宋〕苏轼《题净固壁》

稻花香里说丰年，听取蛙声一片。

〔宋〕辛弃疾《西江月·夜行黄沙道中》

潭清疑水浅，荷动知鱼散。

〔唐〕储光羲《钓鱼湾》

鹤鸣于九皋，声闻于天。

《诗·小雅·鹤鸣》

颠狂柳絮随风去，轻薄桃花逐水流。

〔唐〕杜甫《绝句漫兴》九首之五

燕子不归春事晚，一汀烟雨杏花寒。

〔唐〕戴叔伦《苏溪亭》

燕子来时社新，梨花落后清明。

〔宋〕晏殊《破阵子》

燕雀戏藩柴，安识鸿鹄游。

〔三国·魏〕曹植《鰕䱇篇》

燕歌未断寒鸿飞，牧马群鸣边草绿。

〔唐〕李益《塞下曲》四首其一

繁枝容易纷纷落，嫩蕊商量细细开。

〔唐〕杜甫《江畔独步寻花七绝句》之七

露重飞难进，风多响易沉。

〔唐〕骆宾王《在狱咏蝉》

凛然相对敢相期，直干临空未要奇。根到九泉无曲处，世间唯有蛰龙知。

〔宋〕苏轼《王复秀才所居双桧》二首之二

蝴蝶梦中家万里，子规枝上月三更。

〔唐〕崔涂《春夕》

蝴蝶新生未解飞，须拳粉湿睡花枝。后来借得风光力，不记如痴似醉时。

〔宋〕杨万里《观物化诗》

熟知茅斋绝低小，江上燕子故来频。

〔唐〕杜甫《绝句漫兴》九首其三

飘然快拂花梢，翠尾分开红影。

〔宋〕史达祖《双双燕·咏燕》